LE BONHEUR DANS LE CRIME

Le Bonheur dans le crime (texte intégral) est une nouvelle extraite du recueil *Les Diaboliques*.

BARBEY D'AUREVILLY

LE BONHEUR DANS LE CRIME

PRÉFACE

Je suis venu au monde un jour d'hiver sombre et glacé, le jour des soupirs et des larmes que les Morts, dont il porte le nom, ont marqué d'une prophétique poussière.

Jules Amédée Barbey est né le 2 novembre 1808, en Normandie, dans une famille de récente noblesse. Il passe son enfance à Valognes où la guerre civile entre chouans royalistes et bleus de l'armée républicaine a laissé des traces sanglantes. Son entourage parle encore de l'épopée chouanne qui s'est déroulée une dizaine d'années plus tôt, dont il se souviendra dans *Le Chevalier des Touches* (1863).

Bachelier en 1829, il se proclame (Charles X et les royalistes ultras sont alors au pouvoir) républicain, ce qui provoque la colère de son père ; il part faire son droit à la faculté de Caen. Il y séduit la jeune épouse de l'un de ses cousins, et, fuyant le scandale, va terminer ses études à Paris, mais restera marqué par cette passion malheureuse. En 1833, reçu à sa thèse de droit, il peut, grâce à l'héritage reçu d'un oncle, mener la belle vie, jouant les dandys les plus en vue de la capitale, fréquentant les salons — dont ceux de ses maîtresses, marquises et baronnes, car l'ancien étudiant républicain, séducteur snob, préfère les femmes à particule — et s'enivrant, avec une égale constance, le soir, dans les restaurants à la mode, quand il ne prend pas de l'opium.

Il ne se proclame plus républicain et a repris le nom d'Aurevilly, laissé par son oncle, qu'il avait pourtant refusé à sa majorité. Il écrit des nouvelles, publie, en 1841, *L'Amour impossible*, en 1843 *Du dandysme*… Cet orgueilleux qui joue les maudits souffre de ne pas connaître la gloire littéraire, et commence à manquer d'argent. En 1847, il accepte de devenir rédacteur en chef de la *Revue du monde catholique* : le noceur se fait légitimiste, et catholique strict ! Après la révolution de 1848, ses articles royalistes sont d'une telle intransigeance que les journaux, même d'opposition au régime républicain, refusent de les publier. Ainsi est Barbey d'Aurevilly : toujours en avance — ou en retard — sur son époque.

En 1851, il publie *Une vieille maîtresse*. Ce colérique, ce polémiste au sang chaud et à l'encre violente est enfin célèbre. Mais pas par le talent, qu'on ne lui reconnaît pas encore, par le scandale. Comment un moralisateur aussi strict a-t-il pu signer un roman aussi sulfureux, aussi sensuel, aussi immoral ? Sous l'influence de Mme de Bouglon, l'une de ses maîtresses, qu'il surnomme "l'ange blanc", il délaisse sa vie de dandy, et prépare plusieurs ouvrages qu'il publiera plus tard. Mais son histoire d'amour (platonique et idéalisée) ayant tourné court, et "l'ange blanc" ayant refusé de l'épouser, il renoue avec sa "maîtresse rousse" (l'alcool) et retourne hanter, avec sa moustache en croc, les restaurants à la mode, retrouve Alexandre Dumas, son compagnon de frasques, se lie d'amitié avec Baudelaire, dont il partage le goût des paradis artificiels, et, après la chute de l'Empire, fait du poète François Coppée son confident, ce qui ne l'empêchera pas de faire des critiques exécrables de chacune de ses œuvres.

Dans les journaux, cet anarchiste d'extrême-droite continue de ferrailler, de polémiquer, n'épargnant personne. De nouveaux héritages l'ont mis à l'abri du besoin. Il publie *Le Chevalier des Touches* (1863), *Un prêtre marié* (1864) — la réédition, en 1879, sera interdite par l'archevêque de Paris. En 1874, c'est la sortie de son recueil de six nouvelles inspirées par des personnages authentiques, *Les Diaboliques*. Le livre, jugé immoral et pervers, est saisi, des poursuites sont engagées contre l'auteur qui anathématise avec superbe ses détracteurs. Le grand public découvre enfin cet auteur sulfureux, tandis que les journaux qui craignaient sa violence lui rouvrent leurs tribunes afin de profiter de sa notoriété.

Barbey, le teint poudré, la moustache figée par le cosmétique, raide dans sa vieille redingote cintrée, entouré d'une cour de jeunes gens qui boivent ses paroles, surnommé le "connétable des lettres" joue les Du Guesclin de la plume d'oie et continue "d'assassiner" ses contemporains à grands coups d'imprécations.

En 1882, *Une histoire sans nom* est son premier ouvrage dont le succès ne doit rien au scandale. Le vieux lion a les griffes usées, il s'est assagi, et tient salon dans les deux pièces de son petit appartement où il meurt, le 23 avril 1889, à 81 ans, des suites d'une hémorragie.

LE BONHEUR DANS LE CRIME

Dans ce temps délicieux, quand on raconte une histoire vraie, c'est à croire que le Diable a dicté…

J'étais un des matins de l'automne dernier à me promener au Jardin des Plantes, en compagnie du docteur Torty, certainement une de mes plus vieilles connaissances. Lorsque je n'étais qu'un enfant, le docteur Torty exerçait la médecine dans la ville de V… ; mais après environ trente ans de cet agréable exercice, et *ses* malades étant morts — ses *fermiers* comme il les appelait, lesquels lui avaient rapporté plus que bien des fermiers ne rapportent à leurs maîtres, sur les meilleures terres de Normandie —, il n'en avait pas repris d'autres ; et déjà sur l'âge et fou d'indépendance, comme un animal qui a toujours marché sur son bridon et qui finit par le casser, il était venu s'engloutir dans Paris — là même, dans le voisinage du Jardin des Plantes, rue Cuvier, je crois —, ne faisant plus la médecine que pour son plaisir personnel, qui, d'ailleurs, était grand à en faire, car il était médecin dans le sang et jusqu'aux ongles, et fort médecin, et grand observateur, en plus, de bien d'autres cas que de cas simplement physiologiques et pathologiques…

L'avez-vous quelquefois rencontré, le docteur Torty ? C'était un de ces esprits hardis et vigoureux qui ne chaussent point de mitaines, par la très bonne et proverbiale raison que : « chat ganté ne prend pas de souris », et qu'il en avait immensément pris, et qu'il en voulait toujours prendre, ce matois de fine et forte race ; espèce d'homme qui me plaisait beaucoup à moi, et je crois bien (je me connais !) par les côtés surtout qui déplaisaient le plus aux autres. En effet, il déplaisait assez généralement quand on se portait bien, ce brusque original de docteur Torty ; mais ceux à qui il déplaisait le plus, une fois malades, lui faisaient des salamalecs, comme les sauvages en faisaient au fusil de Robinson qui pouvait les tuer, non pour les mêmes raisons que les sauvages, mais spécialement pour les raisons contraires : il pouvait les sauver ! Sans cette considération prépondérante, le docteur n'aurait jamais gagné vingt mille livres de rente dans une petite ville aristocratique, dévote et bégueule, qui l'aurait parfaitement mis à la porte cochère de ses hôtels, si elle n'avait écouté que ses opinions et ses antipathies. Il s'en rendait compte, du reste, avec beaucoup de sang-froid, et il en plaisantait. « Il fallait, — disait-il railleusement pendant le bail de trente ans qu'il avait fait à V... — qu'ils choisissent entre moi et l'extrême-onction, et, tout dévots qu'ils étaient, ils me prenaient encore de préférence aux saintes huiles. » Comme vous voyez, il ne se gênait pas, le docteur. Il avait la plaisanterie légèrement sacrilège. Franc disciple de Cabanis en philosophie médicale, il était, comme son vieux camarade Chaussier, de l'école de ces médecins terribles par un matérialisme absolu, et comme Dubois, — le premier des Dubois — par un cynisme qui descend toutes choses et tutoierait des duchesses et des dames d'honneur d'impératrice et les appellerait « mes petites mères », ni plus ni moins que des marchandes de poisson. Pour vous donner une simple idée du cynisme du docteur Torty, c'est lui qui me disait un soir, au cercle des Ganaches, en embrassant somptueusement d'un regard de propriétaire le quadrilatère éblouissant de la table ornée de ses cent vingt convives : « C'est moi qui les fais tous ! » Moïse n'eût pas été plus fier, en montrant la baguette avec laquelle il changeait des rochers en fontaines. Que voulez-vous, madame ? Il n'avait pas la bosse du respect, et même il prétendait que là où elle est sur le crâne des autres hommes, il y avait un trou sur le sien. Vieux, ayant passé la soixante-dizaine, mais carré, robuste et noueux comme son nom, d'un visage sardonique et, sous sa perruque châtain clair, très lisse, très lustrée et à cheveux très courts, d'un œil pénétrant, vierge de lunettes, vêtu presque toujours en habit gris ou de ce brun qu'on appela longtemps *fumée de Moscou*, il ne ressemblait ni de tenue ni d'allure à messieurs les médecins de Paris, corrects, cravatés de blanc, comme du suaire de leurs morts ! C'était un autre homme. Il avait, avec ses gants de daim, ses bottes à forte semelle et à gros talons qu'il faisait retentir sous son pas très ferme, quelque chose d'alerte et de cavalier, et cavalier est bien le mot, car il était resté (combien d'années sur trente !) le *charivari* boutonné sur la cuisse, et à cheval, dans des chemins à casser en deux des Centaures — et on devinait bien tout cela à la manière dont il cambrait encore son large buste, vissé sur des reins qui n'avaient pas bougé, et qui se balançait sur de fortes jambes sans rhumatismes, arquées comme celles d'un ancien postillon. Le docteur Torty avait été une espèce de Bas de Cuir équestre, qui avait vécu dans les fondrières du Cotentin, comme le Bas de Cuir de Cooper dans les forêts de l'Amérique. Naturaliste qui se moquait, comme le héros de Cooper, des lois sociales, mais qui, comme l'homme de Fenimore, ne les avait pas remplacées par l'idée de Dieu, il était devenu un de ces impitoyables observateurs qui ne peuvent pas ne point être des misanthropes. C'est fatal. Aussi l'était-il. Seulement il avait eu le temps, pendant qu'il faisait boire la boue des mauvais chemins au ventre sanglé de son cheval, de se blaser sur les autres fanges de la vie. Ce n'était nullement un misanthrope à l'Alceste. Il ne s'indignait pas vertueusement. Il ne s'encolérait pas. Non ! il méprisait l'homme aussi tranquillement qu'il prenait sa prise de tabac, et même il avait autant de plaisir à le mépriser qu'à la prendre.

Tel exactement il était, ce docteur Torty, avec lequel je me promenais.

Il faisait, ce jour-là, un de ces temps d'automne, gais et clairs, à arrêter les hirondelles qui vont partir. Midi sonnait à Notre-Dame, et son grave bourdon semblait verser, par-dessus la rivière verte et moirée aux piles des ponts, et jusque par-dessus nos têtes, tant l'air ébranlé était pur ! de longs frémissements lumineux. Le feuillage roux des arbres du jardin s'était, par degrés, essuyé du brouillard bleu qui les noie en ces vaporeuses matinées d'octobre, et un joli soleil d'arrière-saison nous chauffait agréablement le dos, dans sa ouate d'or, au docteur et à moi, pendant que nous étions arrêtés à regarder la fameuse panthère noire, qui est morte, l'hiver d'après, comme une jeune fille, de la poitrine. Il y avait çà et là, autour de nous, le public ordinaire du Jardin des Plantes, ce public spécial de gens du peuple, de soldats et de bonnes d'enfants, qui aiment à badauder devant la grille des cages et qui s'amusent beaucoup à jeter des coquilles de noix et des pelures de marrons aux bêtes engourdies ou dormant derrière leurs barreaux. La panthère devant laquelle nous étions, en rôdant, arrivés, était, si vous vous en souvenez, de cette espèce particulière à l'île de Java, le pays du monde où la nature est le plus intense et semble elle-même quelque grande tigresse, inapprivoisable à l'homme, qui le fascine et qui le mord dans toutes les productions de son sol terrible et splendide. À Java, les fleurs ont plus d'éclat et plus de parfum, les fruits plus de goût, les animaux plus de beauté et plus de force que dans aucun autre pays de la terre, et rien ne peut donner une idée de cette violence de vie à qui n'a pas reçu les poignantes et mortelles sensations d'une contrée tout à la fois enchantante et empoisonnante, tout ensemble Armide et Locuste ! Étalée nonchalamment sur ses élégantes pattes allongées devant elle, la tête droite, ses yeux d'émeraude immobiles, la panthère était un magnifique échantillon des redoutables productions de son pays. Nulle tache fauve n'étoilait sa fourrure de velours noir, d'un noir si profond et si mat que la lumière, en y glissant, ne la lustrait même pas, mais s'y absorbait, comme l'eau s'absorbe dans l'éponge qui la boit… Quand on se retournait de cette forme idéale de beauté souple, de force terrible au repos, de dédain impassible et royal, vers les créatures humaines qui la regardaient timidement, qui la contemplaient, yeux ronds et bouche béante, ce n'était pas l'humanité qui avait le beau rôle, c'était la bête. Et elle était si supérieure, que c'en était presque humiliant ! J'en faisais la réflexion tout bas au docteur, quand deux personnes scindèrent tout à coup le groupe amoncelé devant la panthère et se plantèrent justement en face d'elle : « Oui, me répondit le docteur, mais voyons maintenant ! Voici l'équilibre rétabli entre les espèces ! »

C'étaient un homme et une femme, tous deux de haute taille, et qui, dès le premier regard que je leur jetai, me firent l'effet d'appartenir aux rangs élevés du monde parisien. Ils n'étaient jeunes ni l'un ni l'autre, mais néanmoins parfaitement beaux. L'homme devait s'en aller vers quarante-sept ans et davantage, et la femme vers quarante et plus… Ils avaient donc, comme disent les marins revenus de la Terre de Feu, *passé la ligne*, la ligne fatale, plus formidable que celle de l'équateur, qu'une fois passée on ne repasse plus sur les mers de la vie ! Mais ils paraissaient peu se soucier de cette circonstance. Ils n'avaient au front, ni nulle part, de mélancolie… L'homme, élancé et aussi patricien dans sa redingote noire strictement boutonnée, comme celle d'un officier de cavalerie, que s'il avait porté un de ces costumes que le Titien donne à ses portraits, ressemblait par sa tournure busquée, son air efféminé et hautain, ses moustaches aiguës comme celle d'un chat et qui à la pointe commençaient à blanchir, à un mignon du temps de Henri III ; et pour que la ressemblance fût plus complète, il portait des cheveux courts, qui n'empêchaient nullement de voir briller à ses oreilles deux saphirs d'un bleu sombre, qui me rappelèrent les deux émeraudes que Sbogar portait à la même place… Excepté ce détail *ridicule* (comme aurait dit le monde) et qui montrait assez de dédain pour les goûts et les idées du jour, tout était simple et *dandy* comme l'entendait Brummell, c'est-à-dire *irrémarquable*, dans la tenue de cet homme qui n'attirait l'attention que par lui-même, et qui l'aurait confisquée tout entière, s'il n'avait pas eu au bras la femme, qu'en ce moment, il y avait… Cette femme, en effet, prenait encore plus le regard que l'homme qui l'accompagnait, et elle le captivait plus longtemps. Elle était grande comme lui. Sa tête atteignait presque à la sienne. Et, comme elle était aussi tout en noir, elle faisait penser à la grande Isis noire du Musée égyptien, par l'ampleur de ses formes, la fierté mystérieuse et la force. Chose étrange ! dans le rapprochement de ce beau couple, c'était la femme qui avait les muscles, et l'homme qui avait les nerfs… Je ne la voyais alors que de profil ; mais, le profil, c'est l'écueil de la beauté ou son attestation la plus éclatante. Jamais, je crois, je n'en avais vu de plus pur et de plus altier. Quant à ses yeux, je n'en pouvais juger, fixés qu'ils étaient sur la panthère, laquelle, sans doute, en recevait une impression magnétique et désagréable, car, immobile, déjà, elle sembla s'enfoncer de plus en plus dans cette immobilité rigide, à mesure que la femme, venue pour la voir, la regardait ; et — comme les chats à la lumière qui les éblouit — sans que sa tête bougeât d'une ligne, sans que la fine extrémité de sa moustache, seulement, frémît, la panthère, après avoir clignoté quelque temps, et comme n'en pouvant pas supporter davantage, rentra lentement, sous les coulisses tirées de ses paupières, les deux étoiles vertes de ses regards. Elle se claquemurait.

« Eh ! eh ! panthère contre panthère ! fit le docteur à mon oreille ; mais le satin est plus fort que le velours. »

Le satin, c'était la femme, qui avait une robe de cette étoffe miroitante — une robe à longue traîne. Et il avait vu juste, le docteur ! Noire, souple, d'articulation aussi puissante, aussi royale d'attitude — dans son espèce, d'une beauté égale, et d'un charme encore plus inquiétant —, la femme, l'inconnue, était comme une panthère humaine, dressée devant la panthère animale qu'elle éclipsait ; et la bête venait de le sentir, sans doute, quand elle avait fermé les yeux. Mais la femme — si c'en était un — ne se contenta pas de ce triomphe. Elle manqua de générosité. Elle voulut que sa rivale vît qui l'humiliait, et rouvrît les yeux pour la voir. Aussi, défaisant sans mot dire les douze boutons du gant violet qui moulait son magnifique avant-bras, elle ôta ce gant, et, passant audacieusement sa main entre les barreaux de la cage, elle en fouetta le museau court de la panthère, qui ne fit qu'un mouvement… mais quel mouvement !… et d'un coup de dents, rapide comme l'éclair !… Un cri partit du groupe où nous étions. Nous avions cru le poignet emporté : ce n'était que le gant. La panthère l'avait englouti. La formidable bête outragée avait rouvert des yeux affreusement dilatés, et ses naseaux froncés vibraient encore…

« Folle ! » dit l'homme, en saisissant ce beau poignet, qui venait d'échapper à la plus coupante des morsures.

Vous savez comme parfois on dit : « Folle !… » Il le dit ainsi ; et il le baisa, ce poignet, avec emportement.

Et, comme il était de notre côté, elle se retourna de trois quarts pour le regarder baisant son poignet nu, et je vis ses yeux, à elle… ces yeux qui fascinaient des tigres, et qui étaient à présent fascinés par un homme : ses yeux, deux larges diamants noirs, taillés pour toutes les fiertés de la vie, et qui n'exprimaient plus en le regardant que toutes les adorations de l'amour !

Ces yeux-là étaient et disaient tout un poème. L'homme n'avait pas lâché le bras, qui avait dû sentir l'haleine fiévreuse de la panthère, et, le tenant replié sur son cœur, il entraîna la femme dans la grande allée du jardin, indifférent aux murmures et aux exclamations du groupe populaire — encore ému du danger que l'imprudente venait de courir —, et qu'il retraversa tranquillement. Ils passèrent auprès de nous, le docteur et moi, mais leurs visages tournés l'un vers l'autre, se serrant flanc contre flanc, comme s'ils avaient voulu se pénétrer, entrer, lui dans elle, elle dans lui, et ne faire qu'un seul corps à eux deux, en ne regardant rien qu'eux-mêmes. C'étaient, aurait-on cru à les voir ainsi passer, des créatures supérieures, qui n'apercevaient pas même à leurs orteils la terre sur laquelle ils marchaient, et qui traversaient le monde dans leur nuage, comme, dans Homère, les Immortels !

De telles choses sont rares à Paris, et, pour cette raison, nous restâmes à le voir filer, ce maître-couple — la femme étalant sa traîne noire dans la poussière du jardin, comme un paon, dédaigneux jusque de son plumage.

Ils étaient superbes, en s'éloignant ainsi, sous les rayons du soleil de midi, dans la majesté de leur entrelacement, ces deux êtres… Et voilà comme ils regagnèrent l'entrée de la grille du jardin et remontèrent dans un coupé, étincelant de cuivres et d'attelage, qui les attendait.

« Ils oublient l'univers ! fis-je au docteur, qui comprit ma pensée.

— Ah ! ils s'en soucient bien de l'univers ! répondit-il, de sa voix mordante. Ils ne voient rien du tout dans la création, et, ce qui est bien plus fort, ils passent même auprès de leur médecin sans le voir.

— Quoi, c'est vous, docteur ! m'écriai-je, mais alors vous allez me dire ce qu'ils sont, mon cher docteur. »

Le docteur fit ce qu'on appelle un temps, voulant faire un effet, car en tout il était rusé, le compère !

« Eh bien, c'est Philémon et Baucis, me dit-il simplement. Voilà !

— Peste ! fis-je, un Philémon et une Baucis d'une fière tournure et ressemblant peu à l'antique. Mais, docteur, ce n'est pas leur nom… Comment les appelez-vous ?

— Comment ! répondit le docteur, dans votre monde, où je ne vais point, vous n'avez jamais entendu parler du comte et de la comtesse Serlon de Savigny comme d'un modèle fabuleux d'amour conjugal ?

— Ma foi, non, dis-je ; on parle peu d'amour conjugal dans le monde où je vais, docteur.

— Hum ! hum ! c'est bien possible, fit le docteur, répondant bien plus à sa pensée qu'à la mienne. Dans ce monde-là, qui est aussi le leur, on se passe beaucoup de choses plus ou moins correctes. Mais, outre qu'ils ont une raison pour ne pas y aller, et qu'ils habitent presque toute l'année leur vieux château de

Savigny, dans le Cotentin, il a couru autrefois de tels bruits sur eux, qu'au faubourg Saint-Germain, où l'on a encore un reste de solidarité nobiliaire, on aime mieux se taire que d'en parler.

— Et quels étaient ces bruits ?... Ah ! voilà que vous m'intéressez, docteur ! Vous devez en savoir quelque chose. Le château de Savigny n'est pas très loin de la ville de V..., où vous avez été médecin.

— Eh ! ces bruits... dit le docteur (il prit pensivement une prise de tabac.) Enfin, on les a crus faux ! Tout ça est passé... Mais, malgré tout, quoique les mariages d'inclination et les bonheurs qu'ils donnent soient en province l'idéal de toutes les mères de famille, romanesques et vertueuses, elles n'ont pas pu beaucoup — celles que j'ai connues — parler à mesdemoiselles leurs filles de celui-là !

— Et, cependant, Philémon et Baucis, disiez-vous, docteur ?...

— Baucis ! Baucis ! Hum ! monsieur... interrompit le docteur Torty, en passant brusquement son index en crochet sur toute la longueur de son nez de perroquet (un de ses gestes), ne trouvez-vous pas, voyons, qu'elle a moins l'air d'une Baucis que d'une lady Macbeth, cette gaillarde-là ?...

— Docteur, mon cher et adorable docteur, repris-je, avec toutes sortes de câlineries dans la voix, vous allez me dire tout ce que vous savez du comte et de la comtesse de Savigny ?…

— Le médecin est le confesseur des temps modernes, fit le docteur, avec un ton solennellement goguenard. Il a remplacé le prêtre, monsieur, et il est obligé au secret de la confession comme le prêtre… »

Il me regarda malicieusement, car il connaissait mon respect et mon amour pour les choses du catholicisme, dont il était l'ennemi. Il cligna l'œil. Il me crut attrapé.

« Et il va le tenir… comme le prêtre ! ajouta-t-il, avec éclat, et en riant de son rire le plus cynique. Venez par ici. Nous allons causer. »

Et il m'emmena dans la grande allée d'arbres qui borde, par ce côté, le Jardin des Plantes et le boulevard de l'Hôpital… Là, nous nous assîmes sur un banc à dossier vert, et il commença :

« Mon cher, c'est là une histoire qu'il faut aller chercher déjà loin, comme une balle perdue sous des chairs revenues ; car l'oubli, c'est comme une chair de choses vivantes qui se reforme par-dessus les événements et qui empêche d'en voir rien, d'en soupçonner rien au bout d'un certain temps, même la place. C'était dans les premières années qui suivirent la Restauration. Un régiment de la Garde passa par la ville de V…, et, ayant été obligés d'y rester deux jours pour je ne sais quelle raison militaire, les officiers de ce régiment s'avisèrent de donner un assaut d'armes, en l'honneur de la ville. La ville, en effet, avait bien tout ce qu'il fallait pour que ces officiers de la Garde lui fissent honneur et fête. Elle était, comme on disait alors, plus royaliste que le Roi. Proportion gardée avec sa dimension (ce n'est guère qu'une ville de cinq à six mille âmes), elle foisonnait de noblesse. Plus de trente jeunes gens de ses meilleures familles servaient alors, soit aux Gardes-du-Corps, soit à ceux de Monsieur, et les officiers du régiment en passage à V… les connaissaient presque tous. Mais, la principale raison qui décida de cette martiale fête d'un assaut fut la réputation d'une ville qui s'était appelée "*la bretteuse*" et qui était encore, dans ce moment-là, la ville la plus bretteuse de France. La Révolution de 1789 avait eu beau enlever aux nobles le droit de porter l'épée, à V… ils prouvaient que s'ils ne la portaient plus, ils pouvaient toujours s'en servir. L'assaut donné par les officiers fut très brillant. On y vit accourir toutes les fortes lames du pays, et même tous les amateurs, plus jeunes d'une génération, qui n'avaient pas cultivé, comme on le cultivait autrefois, un art aussi compliqué et aussi difficile que l'escrime ; et tous montrèrent un tel enthousiasme pour ce maniement de l'épée, la gloire de nos pères, qu'un ancien prévôt du régiment, qui avait fait trois ou quatre fois son temps et dont le bras était couvert de chevrons, s'imagina que ce serait une bonne place pour y finir ses jours qu'une salle d'armes qu'on ouvrirait à V… ; et le colonel, à qui il communiqua et qui approuva son dessein, lui délivra son congé et l'y laissa. Ce prévôt, qui s'appelait Stassin en son nom de famille, et *La Pointe-au-corps* en son surnom de guerre, avait eu là tout simplement une idée de génie. Depuis longtemps, il n'y avait plus à V… de salle d'armes correctement tenue ; et c'était même une de ces choses dont on ne parlait qu'avec mélancolie entre ces nobles, obligés de donner eux-mêmes des leçons à leurs fils ou de les leur faire donner par quelque compagnon revenu du service, qui savait à peine ou qui savait mal ce qu'il enseignait. Les habitants de V… se piquaient d'être difficiles. Ils avaient réellement le feu sacré. Il ne leur suffisait pas de tuer leur homme ; ils voulaient le tuer savamment et artistement, par principes. Il fallait, avant tout, pour eux, qu'un homme, comme ils disaient, fût beau sous les armes, et ils n'avaient qu'un profond mépris pour ces robustes maladroits, qui peuvent être très dangereux sur le terrain, mais qui ne sont pas, au strict et vrai mot, ce qu'on appelle « des tireurs ». *La Pointe-au-corps*, qui avait été un très bel homme dans sa jeunesse, et qui l'était encore — qui, au camp de Hollande, et bien jeune alors, avait battu à plate couture tous les autres prévôts et remporté un prix de deux fleurets et de deux masques montés en argent —, était, lui, justement un de ces tireurs comme les écoles n'en peuvent produire, si la nature ne leur a préparé d'exceptionnelles organisations. Naturellement, il fut l'admiration de V..., et bientôt mieux. Rien n'égalise comme l'épée. Sous l'ancienne monarchie, les rois anoblissaient les hommes qui leur apprenaient à la tenir. Louis XV, si je m'en souviens bien, n'avait-il pas donné à Danet, son maître, qui nous a laissé un livre sur l'escrime, quatre de ses fleurs de lys, entre deux épées croisées, pour mettre dans son écusson ?... Ces gentilshommes de province, qui sentaient encore à plein nez leur monarchie, furent en peu de temps de pair à compagnon avec le vieux prévôt, comme s'il eût été l'un des leurs.

« Jusque-là, c'était bien, et il n'y avait qu'à féliciter Stassin, dit *La Pointe-au-corps*, de sa bonne fortune ; mais, malheureusement, ce vieux prévôt n'avait pas qu'un cœur de maroquin rouge sur le plastron capitonné de peau blanche dont il couvrait sa poitrine, quand il donnait magistralement sa leçon… Il se trouva qu'il en avait un autre par-dessous, lequel se mit à faire des siennes dans cette ville de V…, où il était venu chercher le havre de grâce de sa vie. Il paraît que le cœur d'un soldat est toujours fait avec de la poudre. Or, quand le temps a séché la poudre, elle n'en prend que mieux. À V…, les femmes sont si généralement jolies que l'étincelle était partout pour la poudre séchée de mon vieux prévôt. Aussi, son histoire se termina-t-elle comme celle d'un grand nombre de vieux soldats. Après avoir roulé dans toutes les contrées de l'Europe, et pris le menton et la taille de toutes les filles que le Diable avait mises sur son chemin, l'ancien soldat du Premier Empire consomma sa dernière fredaine en épousant, à cinquante ans passés, avec toutes les formalités et les sacrements de la chose — à la municipalité et à l'église —, une grisette de V…, laquelle, bien entendu — je connais les grisettes de ce pays-là ; j'en ai assez accouché pour les connaître ! — lui campa un enfant, bel et bien au bout de ses neuf mois, jour pour jour ; et cet enfant, qui était une fille, n'est rien moins, mon cher, que la femme à l'air de déesse qui vient de passer, en nous frisant insolemment du vent de sa robe, et sans prendre plus garde à nous que si nous n'avions pas été là !

— La comtesse de Savigny ! m'écriai-je.

— Oui, la comtesse de Savigny, tout au long, elle-même ! Ah ! il ne faut pas regarder aux origines, pas plus pour les femmes que pour les nations ; il ne faut regarder au berceau de personne. Je me rappelle avoir vu à Stockholm celui de Charles XII, qui ressemblait à une mangeoire de cheval grossièrement coloriée en rouge, et qui n'était pas même d'aplomb sur ses quatre piquets. C'est de là qu'il était sorti, cette tempête ! Au fond, tous les berceaux sont des cloaques dont on est obligé de changer le linge plusieurs fois par jour ; et cela n'est jamais poétique, pour ceux qui croient à la poésie, que lorsque l'enfant n'y est plus. »

Et, pour appuyer son axiome, le docteur, à cette place de son récit, frappa sa cuisse d'un de ses gants de daim, qu'il tenait par le doigt du milieu ; et le daim claqua sur la cuisse, de manière à prouver à ceux qui comprennent la musique que le bonhomme était encore rudement musclé.

Il attendit. Je n'avais pas à le contrarier dans sa philosophie. Voyant que je ne disais rien, il continua :

« Comme tous les vieux soldats, du reste, qui aiment jusqu'aux enfants des autres, *La Pointe-au-corps* dut raffoler du sien. Rien d'étonnant à cela. Quand un homme déjà sur l'âge a un enfant, il l'aime mieux que s'il était jeune, car la vanité, qui double tout, double aussi le sentiment paternel. Tous les vieux roquentins que j'ai vus, dans ma vie, avoir tardivement un enfant, adoraient leur progéniture, et ils en étaient comiquement fiers comme d'une action d'éclat. Persuasion de jeunesse, que la nature, qui se moquait d'eux, leur coulait au cœur ! Je ne connais qu'un bonheur plus grisant et une fierté plus drôle : c'est quand, au lieu d'un enfant, un vieillard, d'un coup, en fait deux ! *La Pointe-au-corps* n'eut pas cet orgueil paternel de deux jumeaux ; mais il est vrai de dire qu'il y avait de quoi tailler deux enfants dans le sien. Sa fille — vous venez de la voir ; vous savez donc si elle a tenu ses promesses ! — était un merveilleux enfant pour la force et la beauté. Le premier soin du vieux prévôt fut de lui chercher un parrain parmi tous ces nobles, qui hantaient perpétuellement sa salle d'armes ; et il choisit, entre tous, le comte d'Avice, le doyen de tous ces batteurs de fer et de pavé, qui, pendant l'émigration, avait été lui-même prévôt à Londres, à plusieurs guinées la leçon.

Le comte d'Avice de Sortôville-en-Beaumont, déjà chevalier de Saint-Louis et capitaine de dragons avant la Révolution — pour le moins, alors, septuagénaire —, *boutonnait* encore les jeunes gens et leur donnait ce qu'on appelle, en termes de salle, « de superbes *capotes* ». C'était un vieux narquois, qui avait des railleries en action féroces. Ainsi, par exemple, il aimait à passer son carrelet à la flamme d'une bougie, et quand il en avait, de cette façon, durci la lame, il appelait ce dur fleuret — qui ne pliait plus et vous cassait le sternum ou les côtes, lorsqu'il vous touchait — du nom insolent de « chasse-coquin ». Il prisait beaucoup *La Pointe-au-corps*, qu'il tutoyait. « La fille d'un homme comme toi, lui disait-il, ne doit se nommer que comme l'épée d'un preux. Appelons-la Haute-Claire ! » Et ce fut le nom qu'il lui donna. Le curé de V… fit bien un peu la grimace à ce nom inaccoutumé, que n'avaient jamais entendu les fonts de son église ; mais, comme le parrain était monsieur le comte d'Avice et qu'il y aura toujours, malgré les libéraux et leurs piailleries, des accointances indestructibles entre la noblesse et le clergé ; comme, d'un autre côté, on voit dans le calendrier romain une sainte nommée Claire, le nom de l'épée d'Olivier passa à l'enfant, sans que la ville de V… s'en émût beaucoup. Un tel nom semblait annoncer une destinée. L'ancien prévôt, qui aimait son métier presque autant que sa fille, résolut de lui apprendre et de lui laisser son talent pour dot. Triste dot ! maigre pitance ! avec les mœurs modernes, que le pauvre diable de maître d'armes ne prévoyait pas ! Dès que l'enfant put donc se tenir debout, il commença de la plier aux exercices de l'escrime ; et comme c'était un marmot solide que cette fillette, avec des attaches et des articulations d'acier fin, il la développa d'une si étrange manière, qu'à dix ans elle semblait en avoir déjà quinze, et qu'elle faisait admirablement sa partie avec son père et les plus forts tireurs de la ville de V… On ne parlait partout que de la petite Hauteclaire Stassin, qui, plus tard, devait devenir *Mademoiselle Hauteclaire Stassin*. C'était surtout, comme vous vous en doutez, de la part des jeunes demoiselles de la ville — dans la société de laquelle, tout bien qu'il fût avec les pères, la fille de Stassin, dit *La Pointe-au-corps*, ne pouvait décemment aller — une incroyable, ou plutôt une très croyable curiosité, mêlée de dépit et d'envie. Leurs pères et leurs frères en parlaient avec étonnement et admiration devant elles, et elles auraient voulu voir de près cette Saint-Georges femelle, dont la beauté, disaient-ils, égalait le talent d'escrime. Elles ne la voyaient que de loin et à distance. J'arrivais alors à V…, et j'ai été souvent le témoin de ces curiosités ardentes. *La Pointe-au-corps*, qui avait, sous l'Empire, servi dans les hussards, et qui, avec sa salle d'armes, gagnait gros d'argent, s'était permis d'acheter un cheval pour donner des leçons d'équitation à sa fille ; et comme il dressait aussi à l'année de jeunes chevaux pour les habitués de sa salle, il se promenait souvent à cheval, avec Hauteclaire, dans les routes qui rayonnent de la ville et qui l'environnent. Je les y ai rencontrés maintes fois, en revenant de mes visites de médecin, et c'est dans ces rencontres que je pus surtout juger de l'intérêt, prodigieusement enflammé, que cette grande jeune fille, si hâtivement développée, excitait dans les autres jeunes filles du pays. J'étais toujours par voies et chemins en ce temps-là, et je m'y croisais fréquemment avec les voitures de leurs parents, allant en visite, avec elles, à tous les châteaux d'alentour. Eh bien, vous ne pourrez jamais vous figurer avec quelle avidité, et même avec quelle imprudence, je les voyais se pencher et se précipiter aux portières dès que Mlle Hauteclaire Stassin apparaissait, trottant ou galopant dans la perspective d'une route, brodequin à botte avec son père. Seulement, c'était à peu près inutile ;

le lendemain, c'étaient presque toujours des déceptions et des regrets qu'elles m'exprimaient dans mes visites du matin à leurs mères, car elles n'avaient jamais bien vu que la tournure de cette fille, faite pour l'amazone, et qui la portait comme vous — qui venez de la voir — pouvez le supposer, mais dont le visage était toujours plus ou moins caché dans un voile gros bleu trop épais. Mlle Hauteclaire Stassin n'était guère connue que des hommes de la ville de V… Toute la journée le fleuret à la main, et la figure sous les mailles de son masque d'armes qu'elle n'ôtait pas beaucoup pour eux, elle ne sortait guère de la salle de son père, qui commençait à s'enrudir et qu'elle remplaçait souvent pour la leçon. Elle se montrait très rarement dans la rue — et les femmes comme il faut ne pouvaient la voir que là, ou encore le dimanche à la messe ; mais le dimanche à la messe, comme dans la rue, elle était presque aussi masquée que dans la salle de son père, la dentelle de son voile noir étant encore plus sombre et plus serrée que les mailles de son masque de fer. Y avait-il de l'affectation dans cette manière de se montrer ou de se cacher, qui excitait les imaginations curieuses ?… Cela était bien possible ; mais qui le savait ? qui pouvait le dire ? Et cette jeune fille, qui continuait le masque par le voile, n'était-elle pas encore plus impénétrable de caractère que de visage, comme la suite ne l'a que trop prouvé ?

« Il est bien entendu, mon très cher, que je suis obligé de passer rapidement sur tous les détails de cette époque, pour arriver plus vite au moment où réellement cette histoire commence. Mlle Hauteclaire avait environ dix-sept ans. L'ancien beau, *La Pointe-au-corps*, devenu tout à fait un bonhomme, veuf de sa femme, et tué moralement par la révolution de Juillet, laquelle fit partir les nobles en deuil pour leurs châteaux et vida sa salle, tracassait vainement ses gouttes qui n'avaient pas peur de ses *appels* du pied, et s'en allait au grand trot vers le cimetière. Pour un médecin qui avait le diagnostic, c'était sûr… Cela se voyait. Je ne lui en promettais pas pour longtemps, quand, un matin, fut amené à sa salle d'armes — par le vicomte de Taillebois et le chevalier de Mesnilgrand — un jeune homme du pays élevé au loin, et qui revenait habiter le château de son père, mort récemment. C'était le comte Serlon de Savigny, le *prétendu* (disait la ville de V… dans son langage de petite ville) de Mlle Delphine de Cantor. Le comte de Savigny était certainement un des plus brillants et des plus piaffants jeunes gens de cette époque de jeunes gens qui piaffaient tous, car il y avait (à V… comme ailleurs) de la vraie jeunesse, dans ce vieux monde. À présent, il n'y en a plus. On lui avait beaucoup parlé de la fameuse Hauteclaire Stassin, et il avait voulu voir ce miracle. Il la trouva ce qu'elle était — une admirable jeune fille, piquante et provocante en diable dans ses chausses de soie tricotées, qui mettaient en relief ses formes de Pallas de Velletri, et dans son corsage de maroquin noir, qui pinçait, en craquant, sa taille robuste et découplée, une de ces tailles que les Circassiennes n'obtiennent qu'en emprisonnant leurs jeunes filles dans une ceinture de cuir, que le développement seul de leur corps doit briser. Hauteclaire Stassin était sérieuse comme une Clorinde. Il la regarda donner sa leçon, et il lui demanda de croiser le fer avec elle. Mais il ne fut point le Tancrède de la situation, le comte de Savigny ! Mlle Hauteclaire Stassin plia à plusieurs reprises son épée en faucille sur le cœur du beau Serlon, et elle ne fut pas touchée une seule fois.

"On ne peut pas vous toucher, mademoiselle, lui dit-il, avec beaucoup de grâce. Serait-ce un augure ?..."

« L'amour-propre, dans ce jeune homme, était-il, dès ce soir-là, vaincu par l'amour ?

« C'est à partir de ce soir-là, du reste, que le comte de Savigny vint, tous les jours, prendre une leçon d'armes à la salle de *La Pointe-au-corps*. Le château du comte n'était qu'à la distance de quelques lieues. Il les avait bientôt avalées, soit à cheval, soit en voiture, et personne ne le remarqua dans ce nid bavard d'une petite ville où l'on épinglait les plus petites choses du bout de la langue, mais où l'amour de l'escrime expliquait tout. Savigny ne fit de confidences à personne. Il évita même de venir prendre sa leçon aux mêmes heures que les autres jeunes gens de la ville. C'était un garçon qui ne manquait pas de profondeur, ce Savigny… Ce qui se passa entre lui et Hauteclaire, s'il se passa quelque chose, aucun, à cette époque, ne l'a su ou ne s'en douta. Son mariage avec Mlle Delphine de Cantor, arrêté par les parents des deux familles, il y avait des années, et trop avancé pour ne pas se conclure, s'accomplit trois mois après le retour du comte de Savigny ; et même ce fut là pour lui une occasion de vivre tout un mois à V…, près de sa fiancée, chez laquelle il passait, en coupe réglée, toutes les journées, mais d'où, le soir, il s'en allait très régulièrement prendre sa leçon…

Comme tout le monde, Mlle Hauteclaire entendit, à l'église paroissiale de V…, proclamer les bans du comte de Savigny et de Mlle de Cantor ; mais, ni son attitude ni sa physionomie ne révélèrent qu'elle prît à ces déclarations publiques un intérêt quelconque. Il est vrai que nul des assistants ne se mit à l'affût pour l'observer. Les observateurs n'étaient pas nés encore sur cette question, qui sommeillait, d'une liaison possible entre Savigny et la belle Hauteclaire. Le mariage célébré, la comtesse alla s'établir à son château, fort tranquillement, avec son mari, lequel ne renonça pas pour cela à ses habitudes citadines et vint à la ville tous les jours. Beaucoup de châtelains des environs faisaient comme lui, d'ailleurs. Le temps s'écoula. Le vieux *La Pointe-au-corps* mourut. Fermée quelques instants, sa salle se rouvrit. Mlle Hauteclaire Stassin annonça qu'elle continuerait les leçons de son père ; et, loin d'avoir moins d'élèves par le fait de cette mort, elle en eut davantage. Les hommes sont tous les mêmes. L'étrangeté leur déplaît, d'homme à homme, et les blesse ; mais si l'étrangeté porte des jupes, ils en raffolent. Une femme qui fait ce que fait un homme, le ferait-elle beaucoup moins bien, aura toujours sur l'homme, en France, un avantage marqué. Or, Mlle Hauteclaire Stassin, pour ce qu'elle faisait, le faisait beaucoup mieux. Elle était devenue beaucoup plus forte que son père. Comme démonstratrice, à la leçon, elle était incomparable, et comme beauté de jeu, splendide. Elle avait des coups irrésistibles — de ces coups qui ne s'apprennent pas plus que le coup d'archet ou le démanché du violon, et qu'on ne peut mettre, par enseignement, dans la main de personne. Je ferraillais un peu dans ce temps, comme tout ce monde dont j'étais entouré, et j'avoue qu'en ma qualité d'amateur, elle me charmait avec de certaines passes. Elle avait, entre autres, un dégagé de quarte en tierce qui ressemblait à de la magie. Ce n'était plus là une épée qui vous frappait, c'était une balle ! L'homme le plus rapide à la parade ne fouettait que le vent, même quand elle l'avait prévenu qu'elle allait dégager, et la botte lui arrivait, inévitable, au défaut de l'épaule et de la poitrine. On n'avait pas rencontré de fer ! J'ai vu des tireurs devenir fous de ce coup, qu'ils appelaient de l'escamotage, et ils en auraient avalé leur fleuret de fureur ! Si elle n'avait pas été femme, on lui aurait diablement cherché querelle pour ce coup-là. À un homme, il aurait rapporté vingt duels.

« Du reste, même à part ce talent phénoménal si peu fait pour une femme, et dont elle vivait noblement, c'était vraiment un être très intéressant que cette jeune fille pauvre, sans autre ressource que son fleuret, et qui, par le fait de son état, se trouvait mêlée aux jeunes gens les plus riches de la ville, parmi lesquels il y en avait de très mauvais sujets et de très fats, sans que sa fleur de bonne renommée en souffrît. Pas plus à propos de Savigny qu'à propos de personne, la réputation dc Mlle Hauteclaire Stassin ne fut effleurée... "Il paraît pourtant que c'est une honnête fille", disaient les femmes comme il faut — comme elles l'auraient dit d'une actrice. Et moi-même, puisque j'ai commencé à vous parler de moi, moi-même, qui me piquais d'observation, j'étais, sur le chapitre de la vertu de Hauteclaire, de la même opinion que toute la ville. J'allais quelquefois à la salle d'armes, et avant et après le mariage de monsieur de Savigny, je n'y avais jamais vu qu'une jeune fille grave, qui faisait sa fonction avec simplicité. Elle était, je dois le dire, très imposante, et elle avait mis tout le monde sur le pied du respect avec elle, n'étant, elle, ni familière ni abandonnée avec qui que ce fût. Sa physionomie, extrêmement fière, et qui n'avait pas alors cette expression passionnée dont vous venez d'être si frappé, ne trahissait ni chagrin, ni préoccupation, ni rien enfin de nature à faire prévoir, même de la manière la plus lointaine, la chose étonnante qui, dans l'atmosphère d'une petite ville, tranquille et routinière, fit l'effet d'un coup de canon et cassa les vitres...

"Mlle Hauteclaire Stassin a disparu !"

« Elle avait disparu : pourquoi ?… comment ?… où était-elle allée ? On ne savait. Mais, ce qu'il y avait de certain, c'est qu'elle avait disparu. Ce ne fut d'abord qu'un cri, suivi d'un silence, mais le silence ne dura pas longtemps. Les langues partirent. Les langues, longtemps retenues — comme l'eau dans une vanne et qui, l'écluse levée, se précipite et va faire tourner la roue du moulin avec furie —, se mirent à écumer et à bavarder sur cette disparition inattendue ; subite, incroyable, que rien n'expliquait, car Mlle Hauteclaire avait disparu sans dire un mot ou laisser un mot à personne. Elle avait disparu, comme on disparaît quand on veut réellement disparaître — ce n'étant pas disparaître que de laisser derrière soi une chose quelconque, grosse comme rien, dont les autres peuvent s'emparer pour expliquer qu'on a disparu. Elle avait disparu de la plus radicale manière. Elle avait fait, non pas ce qu'on appelle *un trou à la lune*, car elle n'avait pas laissé plus une dette qu'autre chose derrière elle ; mais elle avait fait ce qu'on peut très bien appeler un trou dans le vent. Le vent souffla, et ne la rendit pas. Le moulin des langues, pour tourner à vide, n'en tourna pas moins, et se mit à moudre cruellement cette réputation qui n'avait jamais donné barre sur elle. On la reprit alors, on l'éplucha, on la passa au crible, on la carda… Comment, et avec qui, cette fille si correcte et si fière s'en était-elle allée ?… Qui l'avait enlevée ? car bien sûr, elle avait été enlevée… Nulle réponse à cela. C'était à rendre folle une petite ville de fureur, et, positivement, V… le devint. Que de motifs pour être en colère ! D'abord, ce qu'on ne savait pas, on le perdait. Puis, on perdait l'esprit sur le compte d'une jeune fille qu'on croyait connaître et qu'on ne connaissait pas, puisqu'on l'avait jugée incapable de disparaître *comme ça*… Puis, encore, on perdait une jeune fille qu'on avait cru voir vieillir ou se marier, comme les autres jeunes filles de la ville — internées dans cette case d'échiquier d'une ville de province, comme des chevaux dans l'entrepont d'un bâtiment. Enfin, on perdait, en perdant Mlle Stassin, qui n'était plus alors que *cette Stassin*, une salle d'armes célèbre à la ronde, qui était la distinction, l'ornement et l'honneur de la ville, sa cocarde sur l'oreille, son drapeau au clocher. Ah ! c'était dur, que toutes ces pertes ! Et que de raisons, en une seule, pour faire passer sur la mémoire de cette irréprochable Hauteclaire le torrent plus ou moins fangeux de toutes les suppositions ! Aussi y passèrent-elles… Excepté quelques vieux hobereaux à l'esprit grand seigneur, qui, comme son parrain, le comte d'Avice, l'avaient vue enfant, et qui, d'ailleurs, ne s'émouvant pas de grand-chose, regardaient comme tout simple qu'elle eût trouvé une chaussure meilleure à son pied que cette sandale de maître d'armes qu'elle y avait mise, Hauteclaire Stassin, en disparaissant, n'eut personne pour elle. Elle avait, en s'en allant, offensé l'amour-propre de tous ; et même ce furent les jeunes gens qui lui gardèrent le plus rancune et s'acharnèrent le plus contre elle, parce qu'elle n'avait disparu avec aucun d'eux.

« Et ce fut longtemps leur grand grief et leur grande anxiété. Avec qui était-elle partie ?... Plusieurs de ces jeunes gens allaient tous les ans vivre un mois ou deux d'hiver à Paris, et deux ou trois d'entre eux prétendirent l'y avoir vue et reconnue — au spectacle ou aux Champs-Élysées, à cheval —, accompagnée ou seule, mais ils n'en étaient pas bien sûrs. Ils ne pouvaient l'affirmer. C'était elle, et ce pouvait bien n'être pas elle ; mais la préoccupation y était... Tous, ils ne pouvaient s'empêcher de penser à cette fille, qu'ils avaient admirée et qui, en disparaissant, avait mis en deuil cette ville d'épée dont elle était la grande artiste, la *diva* spéciale, le rayon. Après que le rayon se fut éteint, c'est-à-dire, en d'autres termes, après la disparition de cette fameuse Hauteclaire, la ville de V… tomba dans la langueur de vie et la pâleur de toutes les petites villes qui n'ont pas un centre d'activité dans lequel les passions et les goûts convergent… L'amour des armes s'y affaiblit. Animée naguère par toute cette martiale jeunesse, la ville de V… devint triste. Les jeunes gens qui, quand ils habitaient leurs châteaux, venaient tous les jours ferrailler, échangèrent le fleuret pour le fusil. Ils se firent chasseurs et restèrent sur leurs terres ou dans leurs bois, le comte de Savigny comme tous les autres. Il vint de moins en moins à V…, et si je l'y rencontrai quelquefois, ce fut dans la famille de sa femme, dont j'étais le médecin. Seulement, ne soupçonnant d'aucune façon, à cette époque, qu'il pût y avoir quelque chose entre lui et cette Hauteclaire qui avait si brusquement disparu, je n'avais nulle raison pour lui parler de cette disparition subite, sur laquelle le silence, fils des langues fatiguées, commençait de s'étendre ; et lui non plus ne me parlait jamais de Hauteclaire et des temps où nous nous étions rencontrés chez elle, et ne se permettait de faire à ces temps-là, même de loin, la moindre allusion.

— Je vous entends venir, avec vos *petits sabots de bois*, fis-je au docteur, en me servant d'une expression du pays dont il me parlait, et qui est le mien. C'était lui qui l'avait enlevée !

— Eh bien ! pas du tout, dit le docteur ; c'était mieux que cela ! Vous ne vous douteriez jamais de ce que c'était…

« Outre qu'en province, surtout, un enlèvement n'est pas chose facile au point de vue du secret, le comte de Savigny, depuis son mariage, n'avait pas bougé de son château de Savigny.

« Il y vivait, au su de tout le monde, dans l'intimité d'un mariage qui ressemblait à une lune de miel indéfiniment prolongée — et comme tout se cite et se cote en province, on le citait et on le cotait, Savigny, comme un de ces maris qu'il faut brûler, tant ils sont rares (plaisanterie de province), pour en jeter la cendre sur les autres. Dieu sait combien de temps j'aurais été dupe, moi-même, de cette réputation, si, un jour — plus d'un an après la disparition de Hauteclaire Stassin —, je n'avais été appelé, en termes pressants, au château de Savigny, dont la châtelaine était malade. Je partis immédiatement, et, dès mon arrivée, je fus introduit auprès de la comtesse, qui était effectivement très souffrante d'un mal vague et compliqué, plus dangereux qu'une maladie sévèrement caractérisée. C'était une de ces femmes de vieille race, épuisée, élégante, distinguée, hautaine, et qui, du fond de leur pâleur et de leur maigreur, semblent dire : “Je suis vaincue du temps, comme ma race ; je me meurs, mais je vous méprise ! ” et, le diable m’emporte, tout plébéien que je suis, et quoique ce soit peu philosophique, je ne puis m’empêcher de trouver cela beau. La comtesse était couchée sur un lit de repos, dans une espèce de parloir à poutrelles noires et à murs blancs, très vaste, très élevé, et orné de choses d’art ancien qui faisaient le plus grand honneur au goût des comtes de Savigny. Une seule lampe éclairait cette grande pièce, et sa lumière, rendue plus mystérieuse par l’abat-jour vert qui la voilait, tombait sur le visage de la comtesse, aux pommelettes incendiées par la fièvre. Il y avait quelques jours déjà qu’elle était malade, et Savigny — pour la veiller mieux — avait fait dresser un petit lit dans le parloir, auprès du lit de sa bien-aimée moitié. C’est quand la fièvre, plus tenace que tous ses soins, avait montré un acharnement sur lequel il ne comptait pas, qu’il avait pris le parti de m’envoyer chercher. Il était là, le dos au feu, debout, l’air sombre et inquiet, à me faire croire qu’il aimait passionnément sa femme et qu’il la croyait en danger. Mais l’inquiétude dont son front était chargé n’était pas pour elle, mais pour une autre, que je ne soupçonnais pas au château de

Savigny, et dont la vue m'étonna jusqu'à l'éblouissement. C'était Hauteclaire !

— Diable ! voilà qui est osé ! dis-je au docteur.

— Si osé, reprit-il, que je crus rêver en la voyant ! La comtesse avait prié son mari de sonner sa femme de chambre, à qui elle avait demandé avant mon arrivée une potion que je venais précisément de lui conseiller ; et, quelques secondes après, la porte s'était ouverte :

“Eulalie, et ma potion ? dit, d'un ton bref, la comtesse impatiente.

— La voici, madame !” fit une voix que je crus reconnaître, et qui n'eut pas plutôt frappé mon oreille que je vis émerger de l'ombre qui noyait le pourtour profond du parloir, et s'avancer au bord du cercle lumineux tracé par la lampe autour du lit, Hauteclaire Stassin ; oui, Hauteclaire elle-même ! tenant, dans ses belles mains, un plateau d'argent sur lequel fumait le bol demandé par la comtesse. C'était à couper la respiration qu'une telle vue ! Eulalie !... Heureusement, ce nom d'Eulalie prononcé si naturellement me dit tout, et fut comme le coup d'un marteau de glace qui me fit rentrer dans un sang-froid que j'allais perdre, et dans mon attitude passive de médecin et d'observateur. Hauteclaire, devenue Eulalie, et la femme de chambre de la comtesse de Savigny !... Son déguisement — si tant est qu'une femme pareille pût se déguiser — était complet. Elle portait le costume des grisettes de la ville de V..., et leur coiffe qui ressemble à un casque, et leurs longs tire-bouchons de cheveux tombant le long des joues — ces espèces de tire-bouchons que les prédicateurs appelaient, dans ce temps-là, des serpents, pour en dégoûter les jolies filles, sans avoir jamais pu y parvenir. Et elle était là-dessous d'une beauté pleine de réserve, et d'une noblesse d'yeux baissés, qui prouvait qu'elles font bien tout ce qu'elles veulent de leurs satanés corps, ces couleuvres de femelles, quand elles ont le plus petit intérêt à cela... M'étant rattrapé, du reste, et sûr de moi-même comme un homme qui venait de se mordre la langue pour ne pas laisser échapper un cri de surprise, j'eus cependant la petite faiblesse de vouloir lui montrer, à cette fille audacieuse, que je la reconnaissais ; et, pendant que la comtesse buvait sa potion, le front dans son bol, je lui plantai, à elle, mes deux yeux dans ses yeux, comme si j'y avais enfoncé deux patteficbes ; mais ses yeux — de biche, pour la douceur, ce soir-là — furent plus fermes que ceux de la panthère, qu'elle vient, il n'y a qu'un moment, de faire baisser. Elle ne sourcilla pas. Un petit tremblement, presque imperceptible, avait seulement passé dans les mains qui tenaient le plateau. La comtesse buvait très lentement, et quand elle eut fini :

"— C'est bien, dit-elle. Remportez cela."

« Et Hauteclaire-Eulalie se retourna, avec cette tournure que j'aurais reconnue entre les vingt mille tournures des filles d'Assuérus, et elle remporta le plateau. J'avoue que je demeurai un instant sans regarder le comte de Savigny, car je sentais ce que mon regard pouvait être pour lui dans un pareil moment ; mais quand je m'y risquai, je trouvai le sien fortement attaché sur moi, et qui passait alors de la plus horrible anxiété à l'expression de la délivrance. Il venait de voir *que j'avais vu*, mais il voyait aussi que je ne *voulais rien voir* de ce que j'avais vu, et il respirait. Il était sûr d'une impénétrable discrétion, qu'il expliquait probablement (mais cela m'était bien égal !) par l'intérêt du médecin qui ne se souciait pas de perdre un client comme lui, tandis qu'il n'y avait là que l'intérêt de l'observateur, qui ne voulait pas qu'on lui fermât la porte d'une maison où il y avait, à l'insu de toute la terre, de pareilles choses à observer.

« Et je m'en revins, le doigt sur ma bouche, bien résolu de ne souffler mot à personne de ce dont personne dans le pays ne se doutait.

Ah ! les plaisirs de l'observateur ! ces plaisirs impersonnels et solitaires de l'observateur, que j'ai toujours mis au-dessus de tous les autres, j'allais pouvoir me les donner en plein, dans ce coin de campagne, en ce vieux château isolé, où, comme médecin, je pouvais venir quand il me plairait… Heureux d'être délivré d'une inquiétude, Savigny m'avait dit : "Jusqu'à nouvel ordre, docteur, venez tous les jours." Je pourrais donc étudier, avec autant d'intérêt et de suite qu'une maladie, le mystère d'une situation qui, racontée à n'importe qui, aurait semblé impossible… Et comme déjà, dès le premier jour que je l'entrevis, ce mystère excita en moi la faculté ratiocinante, qui est le bâton d'aveugle du savant et surtout du médecin, dans la curiosité acharnée de leurs recherches, je commençai immédiatement de raisonner cette situation pour l'éclairer… Depuis combien de temps existait-elle ?… Datait-elle de la disparition de Hauteclaire ?… Y avait-il déjà plus d'un an que la chose durait et que Hauteclaire Stassin était femme de chambre chez la comtesse de Savigny ? Comment, excepté moi, qu'il avait bien fallu faire venir, personne n'avait-il vu ce que j'avais vu, moi, si aisément et si vite ?… Toutes questions qui montèrent à cheval et s'en vinrent en croupe à V… avec moi, accompagnées de bien d'autres qui se levèrent et que je ramassai sur ma route. Le comte et la comtesse de Savigny, qui passaient pour s'adorer, vivaient, il est vrai, assez retirés de toute espèce de monde. Mais, enfin, une visite pouvait, de temps en temps, tomber au château. Il est vrai encore que si c'était une visite d'hommes, Hauteclaire pouvait ne pas paraître. Et si c'était une visite de femmes, ces femmes de V..., pour la plupart, ne l'avaient jamais assez bien vue pour la reconnaître, cette fille bloquée, pendant des années, par ses leçons, au fond d'une salle d'armes, et qui, aperçue de loin, à cheval ou à l'église, portait des voiles qu'elle épaississait à dessein — car Hauteclaire (je vous l'ai dit) avait toujours eu cette fierté des êtres très fiers, que trop de curiosité offense, et qui se cachent d'autant plus qu'ils se sentent la cible de plus de regards. Quant aux gens de monsieur de Savigny, avec lesquels elle était bien obligée de vivre, s'ils étaient de V... ils ne la connaissaient pas, et peut-être n'en étaient-ils point... Et c'est ainsi que je répondais, tout en trottant, à ces premières questions, qui, au bout d'un certain temps et d'un certain chemin, rencontraient leurs réponses, et qu'avant d'être descendu de la selle, j'avais déjà construit tout un édifice de suppositions, plus ou moins plausibles, pour expliquer ce qui à un autre qu'un raisonneur comme moi aurait été inexplicable. La seule chose peut-être que je n'expliquais pas si bien, c'est que l'éclatante beauté de Hauteclaire n'eût pas été un obstacle à son entrée dans le service de la comtesse de Savigny, qui aimait son mari et qui devait en être jalouse. Mais, outre que les patriciennes de V..., aussi fières pour le moins que les femmes des paladins de Charlemagne, ne supposaient pas (grave erreur ; mais elles n'avaient pas lu *Le Mariage de Figaro* !) que la plus belle fille de chambre fût plus pour leurs maris que le plus beau laquais n'était pour elles, je finis par me dire, en quittant l'étrier, que la comtesse de Savigny avait ses raisons pour se croire aimée, et qu'après tout ce sacripant de Savigny était bien de taille, si le doute la prenait, à ajouter à ces raisons-là.

— Hum ! fis-je sceptiquement au docteur, que je ne pus m'empêcher d'interrompre, tout cela est bel et bon, mon cher docteur, mais n'ôtait pas à la situation son imprudence.

— Certes, non ! répondit-il ; mais, si c'était l'imprudence même qui fît la situation ? ajouta ce grand connaisseur en nature humaine. Il est des passions que l'imprudence allume, et qui, sans le danger qu'elles provoquent, n'existeraient pas. Au XVIe siècle, qui fut un siècle aussi passionné que peut l'être une époque, la plus magnifique cause d'amour fut le danger même de l'amour. En sortant des bras d'une maîtresse, on risquait d'être poignardé ; ou le mari vous empoisonnait dans le manchon de sa femme, baisé par vous et sur lequel vous aviez fait toutes les bêtises d'usage ; et, bien loin d'épouvanter l'amour, ce danger incessant l'agaçait, l'allumait et le rendait irrésistible ! Dans nos plates mœurs modernes, où la loi a remplacé la passion, il est évident que l'article du Code qui s'applique au mari coupable d'avoir — comme elle dit grossièrement, la loi — introduit "la concubine dans le domicile conjugal" est un danger assez ignoble ; mais pour les âmes nobles, ce danger, de cela seul qu'il est ignoble, est d'autant plus grand ; et Savigny, en s'y exposant, y trouvait peut-être la seule anxieuse volupté qui enivre vraiment les âmes fortes.

« Le lendemain, vous pouvez le croire, continua le docteur Torty, j'étais au château de bonne heure ; mais ni ce jour, ni les suivants, je n'y vis rien qui ne fût le train de toutes les maisons où tout est normal et régulier. Ni du côté de la malade, ni du côté du comte, ni même du côté de la fausse Eulalie, qui faisait naturellement son service comme si elle avait été exclusivement élevée pour cela, je ne remarquai quoi que ce soit qui pût me renseigner sur le secret que j'avais surpris. Ce qu'il y avait de certain, c'est que le comte de Savigny et Hauteclaire Stassin jouaient la plus effroyablement impudente des comédies avec la simplicité d'acteurs consommés, et qu'ils s'entendaient pour la jouer. Mais ce qui n'était pas si certain, et ce que je voulais savoir d'abord, c'est si la comtesse était réellement leur dupe, et si, au cas où elle l'était, il serait possible qu'elle le fût longtemps. C'est donc sur la comtesse que je concentrai mon attention. J'eus d'autant moins de peine à la pénétrer qu'elle était ma malade, et, par le fait de sa maladie, le point de mire de mes observations. C'était, comme je vous l'ai dit, une vraie femme de V…, qui ne savait *rien de rien* que ceci : c'est qu'elle était noble, et qu'en dehors de la noblesse, le monde n'était pas digne d'un regard… Le sentiment de leur noblesse est la seule passion des femmes de V… dans la haute classe — dans toutes les classes, fort peu passionnées. Mlle Delphine de Cantor, élevée aux Bénédictines où, sans nulle vocation religieuse, elle s'était horriblement ennuyée, en était sortie pour s'ennuyer dans sa famille, jusqu'au moment où elle épousa le comte de Savigny, qu'elle aima, ou crut aimer, avec la facilité des jeunes filles ennuyées à aimer le premier venu qu'on leur présente. C'était une femme blanche, molle de tissus, mais dure d'os, au teint de lait dans lequel eût surnagé du son, car les petites taches de rousseur dont il était semé étaient certainement plus foncées que ses cheveux, d'un roux très doux. Quand elle me tendit son bras pâle, veiné comme une nacre bleuâtre, un poignet fin et de race, où le pouls à l'état normal battait languissamment, elle me fit l'effet d'être mise au monde et créée pour être victime… pour être broyée sous les pieds de cette fière Hauteclaire, qui s'était courbée devant elle jusqu'au rôle de servante. Seulement, cette idée, qui naissait d'abord en la regardant, était contrariée par un menton qui se relevait, à l'extrémité de ce mince visage — un menton de Fulvie sur les médailles romaines, égaré au bas de ce minois chiffonné — et aussi par un front obstinément bombé, sous ces cheveux sans rutilance. Tout cela finissait par embarrasser le jugement. Pour les pieds de Hauteclaire, c'était peut-être *de là* que viendrait l'obstacle ; étant impossible qu'une situation comme celle que j'entrevoyais dans cette maison — de présent, tranquille — n'aboutît pas à quelque éclat affreux… En vue de cet éclat futur, je me mis donc à ausculter doublement cette petite femme, qui ne pouvait pas rester lettre close pour son médecin bien longtemps. Qui confesse le corps tient vite le cœur. S'il y avait des causes morales ou immorales à la souffrance actuelle de la comtesse, elle aurait beau se rouler en boule avec moi, et rentrer en elle ses impressions et ses pensées, il faudrait bien qu'elle les allongeât. Voilà ce que je me disais ; mais, vous pouvez vous fier à moi, je la tournai et la retournai vainement avec ma serre de médecin. Il me fut évident, au bout de quelques jours, qu'elle n'avait pas le moindre soupçon de la complicité de son mari et de Hauteclaire dans le crime domestique dont sa maison était le silencieux et discret théâtre... Était-ce, de sa part, défaut de sagacité ? mutisme de sentiments jaloux ? Qu'était-ce ?... Elle avait une réserve un peu hautaine avec tout le monde, excepté avec son mari. Avec cette fausse Eulalie qui la servait, elle était impérieuse, mais douce. Cela peut sembler contradictoire. Cela ne l'est point. Cela n'est que vrai. Elle avait le commandement bref, mais qui n'élève jamais la voix, d'une femme faite pour être obéie et qui est sûre de l'être... Elle l'était admirablement. Eulalie, cette effrayante Eulalie, insinuée, glissée chez elle, je ne savais comment, l'enveloppait de ces soins qui s'arrêtent juste à temps avant d'être une fatigue pour qui les reçoit, et montrait dans les détails de son service une souplesse et une entente du caractère de sa maîtresse qui tenait autant du génie de la volonté que du génie de l'intelligence... Je finis même par parler à la comtesse de cette Eulalie, que je voyais si naturellement circuler autour d'elle pendant mes visites, et qui me donnait le froid dans le dos que donnerait un serpent qu'on verrait se dérouler et s'étendre, sans faire le moindre bruit, en s'approchant du lit d'une femme endormie... Un soir que la comtesse lui demanda d'aller chercher je ne sais plus quoi, je pris occasion de sa sortie et de la rapidité, à pas légers, avec laquelle elle l'exécuta, pour risquer un mot qui fit peut-être jour :

“Quels pas de velours ! dis-je, en la regardant sortir. Vous avez là, madame la comtesse, une femme de chambre d'un bien agréable service, à ce que je crois. Me permettez-vous de vous demander où vous l'avez prise ? Est-ce qu'elle est de V..., par hasard, cette fille-là ?...

— Oui, elle me sert fort bien, répondit indifféremment la comtesse, qui se regardait alors dans un petit miroir à main, encadré dans du velours vert et entouré de plumes de paon, avec cet air impertinent qu'on a toujours quand on s'occupe de tout autre chose que de ce qu'on vous dit. J'en suis on ne peut plus contente. Elle n'est pas de V... ; mais vous dire d'où elle est, je n'en sais plus rien. Demandez à monsieur de Savigny, si vous tenez à le savoir, docteur, car c'est lui qui me l'a amenée quelque temps après notre mariage. Elle avait servi, me dit-il en me la présentant, chez une vieille cousine à lui, qui venait de mourir, et elle était restée sans place. Je l'ai prise de confiance, et j'ai bien fait. C'est une perfection de femme de chambre. Je ne crois pas qu'elle ait un défaut.

— Moi, je lui en connais un, madame la comtesse, dis-je en affectant la gravité.

— Ah ! et lequel ? fit-elle languissamment, avec le désintérêt de ce qu'elle disait, et en regardant toujours dans sa petite glace, où elle étudiait attentivement ses lèvres pâles.

— Elle est trop belle, dis-je ; elle est réellement trop belle pour une femme de chambre. Un de ces jours, on vous l'enlèvera.

— Vous croyez ? fit-elle, toujours en se regardant, et toujours distraite de ce que je disais.

— Et ce sera, peut-être, un homme comme il faut et de votre monde qui s'en amourachera, madame la comtesse ? Elle est assez belle pour tourner la tête à un duc."

« Je prenais la mesure de mes paroles tout en les prononçant. C'était là un coup de sonde ;

mais si je ne rencontrais rien, je ne pouvais pas en donner un de plus.

“Il n’y a pas de duc à V…, répondit la comtesse, dont le front resta aussi poli que la glace qu’elle tenait à la main. Et, d’ailleurs, toutes ces filles-là, docteur, ajouta-t-elle en lissant un de ses sourcils, quand elles veulent partir, ce n’est pas l’affection que vous avez pour elles qui les en empêche. Eulalie a le service charmant, mais elle abuserait comme les autres de l’affection que l’on aurait pour elle, et je me garde bien de m’y attacher.”

« Et il ne fut plus question d’Eulalie ce jour-là. La comtesse était absolument abusée. Qui ne l’aurait été, du reste ? Moi-même — qui de prime abord l’avais reconnue, cette Hauteclaire vue tant de fois, à une simple longueur d’épée, dans la salle d’armes de son père —, il y avait des moments où j’étais tenté de croire à Eulalie. Savigny avait beaucoup moins qu’elle, lui qui aurait dû l’avoir davantage, la liberté, l’aisance, le naturel dans le mensonge ; mais elle ! ah ! elle s’y mouvait et elle y vivait comme le plus flexible des poissons vit et se meut dans l’eau. Il fallait, certes, qu’elle l’aimât, et l’aimât étrangement, pour faire ce qu’elle faisait, pour avoir tout planté là d’une existence exceptionnelle, qui pouvait flatter sa vanité en fixant sur elle les regards d’une petite ville — pour elle l'univers — où plus tard elle pouvait trouver, parmi les jeunes gens, ses admirateurs et ses adorateurs, quelqu'un qui l'épouserait par amour et la ferait entrer dans cette société plus élevée, dont elle ne connaissait que les hommes. Lui, l'aimant, jouait certainement moins gros jeu qu'elle. Il avait, en dévouement, la position inférieure. Sa fierté d'homme devait souffrir de ne pouvoir épargner à sa maîtresse l'indignité d'une situation humiliante. Il y avait même, dans tout cela, une inconséquence avec le caractère impétueux qu'on attribuait à Savigny. S'il aimait Hauteclaire au point de lui sacrifier sa jeune femme, il aurait pu l'enlever et aller vivre avec elle en Italie — cela se faisait déjà très bien en ce temps-là ! — sans passer par les abominations d'un concubinage honteux et caché. Était-ce donc lui qui aimait le moins ?... Se laissait-il plutôt aimer par Hauteclaire, plus aimer par elle qu'il ne l'aimait ?... Était-ce elle qui, d'elle-même, était venue le forcer jusque dans les gardes du domicile conjugal ? Et lui, trouvant la chose audacieuse et piquante, laissait-il faire cette Putiphar d'une espèce nouvelle, qui, à toute heure, lui avivait la tentation ?... Ce que je voyais ne me renseignait pas beaucoup sur Savigny et Hauteclaire... Complices — ils l'étaient bien, parbleu ! — dans un adultère quelconque ; mais les sentiments qu'il y avait au fond de cet adultère, quels étaient-ils ?… Quelle était la situation respective de ces deux êtres l'un vis-à-vis de l'autre ?… Cette inconnue de mon algèbre, je tenais à la dégager. Savigny était irréprochable pour sa femme ; mais lorsque Hauteclaire-Eulalie était là, il avait pour moi qui l'ajustais du coin de l'œil, des précautions qui attestaient un esprit bien peu tranquille. Quand, dans le tous-les-jours de la vie, il demandait un livre, un journal, un objet quelconque à la femme de chambre de sa femme, il avait des manières de prendre cet objet qui eussent tout révélé à une autre femme que cette petite pensionnaire, élevée aux Bénédictines, et qu'il avait épousée… On voyait que sa main avait peur de rencontrer celle de Hauteclaire, comme si, la touchant par hasard, il lui eût été impossible de ne pas la prendre. Hauteclaire n'avait point de ces embarras, de ces précautions épouvantées… Tentatrice comme elles le sont toutes, qui tenteraient Dieu dans son ciel, s'il y en avait un, et le Diable dans son enfer, elle semblait vouloir agacer, tout ensemble, et le désir et le danger. Je la vis une ou deux fois — le jour où ma visite tombait pendant le dîner, que Savigny faisait pieusement auprès du lit de sa femme. C'était elle qui servait, les autres domestiques n'entrant point dans l'appartement de la comtesse. Pour mettre les plats sur la table, il fallait se pencher un peu par-dessus l'épaule de Savigny, et je la surpris qui, en les y mettant, frottait des pointes de son corsage la nuque et les oreilles du comte, qui devenait tout pâle… et qui regardait si sa femme ne le regardait pas. Ma foi ! j'étais jeune encore dans ce temps, et le tapage des molécules dans l'organisation, qu'on appelle la violence des sensations, me semblait la seule chose qui valût la peine de vivre. Aussi m'imaginais-je qu'il devait y avoir de fameuses jouissances dans ce concubinage caché avec une fausse servante, sous les yeux affrontés d'une femme qui pouvait tout deviner. Oui, le concubinage dans la maison conjugale, comme dit ce vieux prudhomme de Code, c'est à ce moment-là que je le compris !

« Mais, excepté les pâleurs et les transes réprimées de Savigny, je ne voyais rien du roman qu'ils faisaient entre eux, en attendant le drame et la catastrophe… selon moi inévitables. Où en étaient-ils tous les deux ? C'était là le secret de leur roman, que je voulais arracher. Cela me prenait la pensée comme la griffe de sphinx d'un problème et cela devint si fort que, de l'observation, je tombai dans l'espionnage, qui n'est que de l'observation à tout prix. Hé ! hé ! un goût vif bientôt nous déprave… Pour savoir ce que j'ignorais, je me permis bien de petites bassesses, très indignes de moi, et que je jugeais telles, et que je me permis néanmoins. Ah ! l'habitude de la sonde, mon cher ! Je la jetais partout. Lorsque, dans mes visites au château, je mettais mon cheval à l'écurie, je faisais jaser les domestiques sur les maîtres, sans avoir l'air d'y toucher. Je mouchardais (oh ! je ne m'épargne pas le mot) pour le compte de ma propre curiosité. Mais les domestiques étaient tout aussi trompés que la comtesse. Ils prenaient Hauteclaire de très bonne foi pour une des leurs, et j'en aurais été pour mes frais de curiosité sans un hasard qui, comme toujours, en fit plus, en une fois, que toutes mes combinaisons, et m'en apprit plus que tous mes espionnages.

« Il y avait plus de deux mois que j'allais voir la comtesse, dont la santé ne s'améliorait pas et présentait de plus en plus les symptômes de cette débilitation si commune maintenant, et que les médecins de ce temps énervé ont appelée du nom d'anémie. Savigny et Hauteclaire continuaient de jouer, avec la même perfection, la très difficile comédie que mon arrivée et ma présence en ce château n'avaient pas déconcertée. Néanmoins, on eût dit qu'il y avait un peu de fatigue dans les acteurs. Serlon avait maigri, et j'avais entendu dire à V… : “Quel bon mari que ce monsieur de Savigny ! Il est déjà tout changé de la maladie de sa femme. Quelle belle chose donc que de s'aimer !” Hauteclaire, à la beauté immobile, avait les yeux battus, pas battus comme on les a quand ils ont pleuré, car ces yeux-là n'ont peut-être jamais pleuré de leur vie ; mais ils l'étaient comme quand on a beaucoup veillé et n'en brillaient que plus ardents, du fond de leur cercle violâtre. Cette maigreur de Savigny, du reste, et ces yeux cernés de Hauteclaire pouvaient venir d'autre chose que de la vie compressive qu'ils s'étaient imposée. Ils pouvaient venir de tant de choses, dans ce milieu souterrainement volcanisé ! J'en étais à regarder ces marques trahissantes à leurs visages, m'interrogeant tout bas et ne sachant trop que me répondre, quand un jour, étant allé faire ma tournée de médecin dans les alentours, je revins le soir par Savigny. Mon intention était d'entrer au château, comme à l'ordinaire ; mais un accouchement très laborieux d'une femme de la campagne m'avait retenu fort tard, et, quand je passai par le château, l'heure était beaucoup trop avancée pour que j'y pusse entrer. Je ne savais pas même l'heure qu'il était. Ma montre de chasse s'était arrêtée. Mais la lune, qui avait commencé de descendre l'autre côté de sa courbe dans le ciel, marquait, à ce vaste cadran bleu, un peu plus de minuit, et touchait presque, de la pointe inférieure de son croissant, la pointe des hauts sapins de Savigny, derrière lesquels elle allait disparaître…

« … Êtes-vous allé parfois à Savigny ? fit le docteur, en s'interrompant tout à coup et en se tournant vers moi. Oui, reprit-il, à mon signe de tête. Eh bien ! vous savez qu'on est obligé d'entrer dans ce bois de sapins et de passer le long des murs du château, qu'il faut doubler comme un cap, pour prendre la route qui mène directement à V… Tout à coup, dans l'épaisseur de ce bois noir où je ne voyais goutte de lumière ni n'entendais goutte de bruit, voilà qu'il m'en arriva un à l'oreille que je pris pour celui d'un battoir — le battoir de quelque pauvre femme, occupée le jour aux champs, et qui profitait du clair de lune pour laver son linge à quelque lavoir ou à quelque fossé… Ce ne fut qu'en avançant vers le château, qu'à ce claquement régulier se mêla un autre bruit qui m'éclaira sur la nature du premier. C'était un cliquetis d'épées qui se croisent, et se frottent, et s'agacent. Vous savez comme on entend tout dans le silence et l'air fin des nuits, comme les moindres bruits y prennent des précisions de distinctibilité singulière !

J'entendais, à ne pouvoir m'y méprendre, le froissement animé du fer. Une idée me passa dans l'esprit ; mais, quand je débouchai du bois de sapins du château, blêmi par la lune, et dont une fenêtre était ouverte : "Tiens ! fis-je, admirant la force des goûts et des habitudes, voilà donc toujours leur manière de faire l'amour !"

« Il était évident que c'était Serlon et Hauteclaire qui faisaient des armes à cette heure. On entendait les épées comme si on les avait vues. Ce que j'avais pris pour le bruit des battoirs, c'étaient les *appels du pied* des tireurs. La fenêtre ouverte l'était dans le pavillon le plus éloigné, des quatre pavillons, de celui où se trouvait la chambre de la comtesse. Le château endormi, morne et blanc sous la lune, était comme une chose morte... Partout ailleurs que dans ce pavillon, choisi à dessein, et dont la porte-fenêtre, ornée d'un balcon, donnait sous des persiennes à moitié fermées, tout était silence et obscurité ; mais c'était de ces persiennes, à moitié fermées et zébrées de lumière sur le balcon, que venait ce double bruit des appels du pied et du grincement des fleurets. Il était si clair, il arrivait si net à l'oreille, que je préjugeai avec raison, comme vous allez voir, qu'ayant très chaud (on était en juillet), ils avaient ouvert la porte du balcon sous les persiennes. J'avais arrêté mon cheval sur le bord du bois, écoutant leur engagement qui paraissait très vif, intéressé par cet assaut d'armes entre amants qui s'étaient aimés les armes à la main et qui continuaient de s'aimer ainsi, quand, au bout d'un certain temps, le cliquetis des fleurets et le claquement des appels du pied cessèrent. Les persiennes de la porte vitrée du balcon furent poussées et s'ouvrirent, et je n'eus que le temps, pour ne pas être aperçu dans cette nuit claire, de faire reculer mon cheval dans l'ombre du bois de sapins. Serlon et Hauteclaire vinrent s'accouder sur la rampe en fer du balcon. Je les discernais à merveille. La lune tomba derrière le petit bois, mais la lumière d'un candélabre, que je voyais derrière eux dans l'appartement, mettait en relief leur double silhouette. Hauteclaire était vêtue, si cela s'appelle vêtue, comme je l'avais vue tant de fois, donnant ses leçons à V…, lacée dans ce gilet d'armes de peau de chamois qui lui faisait comme une cuirasse, et les jambes moulées par ces chausses en soie qui en prenaient si juste le contour musclé. Savigny portait à peu près le même costume. Sveltes et robustes tous deux, ils apparaissaient sur le fond lumineux, qui les encadrait, comme deux belles statues de la Jeunesse et de la Force. Vous venez tout à l'heure d'admirer dans ce jardin l'orgueilleuse beauté de l'un et de l'autre, que les années n'ont pas détruite encore. Eh bien ! aidez-vous de cela pour vous faire une idée de la magnificence du couple que j'apercevais alors, à ce balcon, dans ces vêtements serrés qui ressemblaient à une nudité. Ils parlaient, appuyés à la rampe, mais trop bas pour que j'entendisse leurs paroles ; mais les attitudes de leurs corps les disaient pour eux. Il y eut un moment où Savigny laissa tomber passionnément son bras autour de cette taille d'amazone qui semblait faite pour toutes les résistances et qui n'en fit pas… Et, la fière Hauteclaire se suspendant presque en même temps au cou de Serlon, ils formèrent, à eux deux, ce fameux et voluptueux groupe de Canova qui est dans toutes les mémoires, et ils restèrent ainsi sculptés bouche à bouche le temps, ma foi, de boire, sans s'interrompre et sans se reprendre, au moins une bouteille de baisers ! Cela dura bien soixante pulsations comptées à ce pouls qui allait plus vite qu'à présent, et que ce spectacle fit aller plus vite encore…

« Oh ! oh ! fis-je, quand je débusquai de mon bois et qu'ils furent rentrés, toujours enlacés l'un à l'autre, dans l'appartement dont ils abaissèrent les rideaux, de grands rideaux sombres. Il faudra bien qu'un de ces matins ils se confient à moi. Ce n'est pas seulement eux qu'ils auront à cacher. En voyant ces caresses et cette intimité qui me révélaient tout, j'en tirais, en médecin, les conséquences. Mais leur ardeur devait tromper mes prévisions. Vous savez comme moi que les êtres qui s'aiment trop (le cynique docteur dit un autre mot) ne font pas d'enfants. Le lendemain matin, j'allai à Savigny. Je trouvai Hauteclaire redevenue Eulalie, assise dans l'embrasure d'une des fenêtres du long corridor qui aboutissait à la chambre de sa maîtresse, une masse de linge et de chiffons sur une chaise devant elle, occupée à coudre et à tailler là-dedans, elle, la tireuse d'épée de la nuit ! S'en douterait-on ? pensai-je, en l'apercevant avec son tablier blanc et ces formes que j'avais vues, comme si elles avaient été nues, dans le cadre éclairé du balcon, noyées alors dans les plis d'une jupe qui ne pouvait pas les engloutir… Je passai, mais sans lui parler, car je ne lui parlais que le moins possible, ne voulant pas avoir avec elle l'air de savoir ce que je savais et ce qui aurait peut-être filtré à travers ma voix ou mon regard. Je me sentais bien moins comédien qu'elle, et je me craignais… D'ordinaire, lorsque je passais le long de ce corridor où elle travaillait toujours, quand elle n'était pas de service auprès de la comtesse, elle m'entendait si bien venir, elle était si sûre que c'était moi, qu'elle ne relevait jamais la tête. Elle restait inclinée sous son casque de batiste empesée, ou sous cette autre coiffe normande qu'elle portait aussi à certains jours, et qui ressemble au hennin d'Isabeau de Bavière, les yeux sur son travail et les joues voilées par ces longs tire-bouchons d'un noir bleu qui pendaient sur leur ovale pâle, n'offrant à ma vue que la courbe d'une nuque estompée par d'épais frisons, qui s'y tordaient comme les désirs qu'ils faisaient naître. Chez Hauteclaire, c'est surtout l'animal qui est superbe. Nulle femme plus qu'elle n'eut peut-être ce genre de beauté-là... Les hommes, qui, entre eux, se disent tout, l'avaient bien souvent remarquée. À V..., quand elle y donnait des leçons d'armes, les hommes l'appelaient entre eux : Mademoiselle Ésaü... Le Diable apprend aux femmes ce qu'elles sont, ou plutôt elles l'apprendraient au Diable, s'il pouvait l'ignorer... Hauteclaire, si peu coquette pourtant, avait en écoutant, quand on lui parlait, des façons de prendre et d'enrouler autour de ses doigts les longs cheveux frisés et tassés à cette place du cou, ces rebelles au peigne qui avait lissé le chignon, et dont un seul suffit pour *troubler l'âme*, nous dit la Bible. Elle savait bien les idées que ce jeu faisait naître ! Mais à présent, depuis qu'elle était femme de chambre, je ne l'avais pas vue, une seule fois, se permettre ce geste de la puissance jouant avec la flamme, même en regardant Savigny.

« Mon cher, ma parenthèse est longue ; mais tout ce qui vous fera bien connaître ce qu'était Hauteclaire Stassin importe à mon histoire... Ce jour-là, elle fut bien obligée de se déranger et de venir me montrer son visage, car la comtesse la sonna et lui commanda de me donner de l'encre et du papier dont j'avais besoin pour une ordonnance, et elle vint. Elle vint, le dé d'acier au doigt, qu'elle ne prit pas le temps d'ôter, ayant piqué l'aiguille enfilée sur sa provocante poitrine, où elle en avait piqué une masse d'autres pressées les unes contre les autres et l'embellissant de leur acier. Même l'acier des aiguilles allait bien à cette diablesse de fille, faite pour l'acier, et qui, au Moyen Âge, aurait porté la cuirasse. Elle se tint debout devant moi pendant que j'écrivais, m'offrant l'écritoire avec ce noble et moelleux mouvement dans les avant-bras que l'habitude de faire des armes lui avait donné plus qu'à personne. Quand j'eus fini, je levai les yeux et je la regardai, pour ne rien affecter, et je lui trouvai le visage fatigué de sa nuit. Savigny, qui n'était pas là quand j'étais arrivé, entra tout à coup. Il était bien plus fatigué qu'elle... Il me parla de l'état de la comtesse, qui ne guérissait pas. Il m'en parla comme un homme impatienté qu'elle ne guérît pas. Il avait le ton amer, violent, contracté de l'homme impatienté. Il allait et venait en parlant. Je le regardais froidement, trouvant la chose trop forte pour le coup, et ce ton napoléonien avec moi un peu inconvenant. "Mais si je guérissais ta femme, pensai-je insolemment, tu ne ferais pas des armes et l'amour toute la nuit avec ta maîtresse." J'aurais pu le rappeler au sentiment de la réalité et de la politesse qu'il oubliait, lui planter sous le nez, si cela m'avait plu, les sels anglais d'une bonne réponse. Je me contentai de le regarder. Il devenait plus intéressant pour moi que jamais, car il m'était évident qu'il jouait plus que jamais la comédie. »

Et le docteur s'arrêta de nouveau. Il plongea son large pouce et son index dans sa boîte d'argent guilloché et aspira une prise de macoubac, comme il avait l'habitude d'appeler pompeusement son tabac. Il me parut si intéressant à son tour, que je ne lui fis aucune observation et qu'il reprit, après avoir absorbé sa prise et passé son doigt crochu sur la courbure de son avide nez en bec de corbin :

« Oh ! pour impatienté, il l'était réellement ; mais ce n'était point parce que sa femme ne guérissait pas, cette femme à laquelle il était si déterminément infidèle ! Que diable ! lui qui concubinait avec une servante dans sa propre maison ne pouvait guère s'encolérer parce que sa femme ne guérissait pas ! Est-ce que, elle guérie, l'adultère n'eût pas été plus difficile ? Mais c'était vrai, pourtant, que la traînerie de ce mal sans bout le lassait, lui portait sur les nerfs. Avait-il pensé que ce serait moins long ? Et, depuis, lorsque j'y ai songé, si l'idée d'en finir vint à lui ou à elle, ou à tous les deux, puisque la maladie ou le médecin n'en finissait pas, c'est peut-être de ce moment-là…

— Quoi ! docteur, ils auraient donc ?… »

Je n'achevai pas, tant cela me coupait la parole, l'idée qu'il me donnait !

Il baissa la tête en me regardant, aussi tragique que la statue du Commandeur, quand elle accepte de souper.

« Oui ! souffla-t-il lentement, d'une voix basse, répondant à ma pensée. Au moins, à quelques jours de là, tout le pays apprit avec terreur que la comtesse était morte empoisonnée…

— Empoisonnée ! m'écriai-je.

— … Par sa femme de chambre, Eulalie, qui avait pris une fiole l'une pour l'autre et qui, disait-on, avait fait avaler à sa maîtresse une bouteille d'encre double, au lieu d'une médecine que j'avais prescrite. C'était possible, après tout, qu'une pareille méprise. Mais je savais, moi, qu'Eulalie, c'était Hauteclaire ! Mais je les avais vus, tous deux, faire le groupe de Canova, au balcon ! Le monde n'avait pas vu ce que j'avais vu. Le monde n'eut d'abord que l'impression d'un accident terrible. Mais quand, deux ans après cette catastrophe, on apprit que le comte Serlon de Savigny épousait publiquement *la fille à Stassin* — car il fallut bien *déclencher* qui elle était, la fausse Eulalie — et qu'il allait la coucher dans les draps chauds encore de sa première femme, mademoiselle Delphine de Cantor, oh ! alors, ce fut un grondement de tonnerre de soupçons à voix basse, comme si on avait eu peur de ce qu'on disait et de ce qu'on pensait. Seulement, au fond, personne ne savait. On ne savait que la monstrueuse mésalliance, qui fit montrer au doigt le comte de Savigny et l'isola comme un pestiféré. Cela suffisait bien, du reste. Vous savez quel déshonneur c'est, ou plutôt c'était, car les choses ont bien changé aussi dans ce pays-là, que de dire d'un homme : Il a épousé sa servante ! Ce déshonneur s'étendit et resta sur Serlon comme une souillure. Quant à l'horrible bourdonnement du crime soupçonné qui avait couru, il s'engourdit bientôt comme celui d'un taon qui tombe lassé dans une ornière. Mais il y avait cependant quelqu'un qui savait et qui était sûr…

— Et ce ne pouvait être que vous, docteur ? interrompis-je.

— C'était moi, en effet, reprit-il, mais pas moi tout seul. Si j'avais été seul pour savoir, je n'aurais jamais eu que de vagues lueurs, pires que l'ignorance… Je n'aurais jamais été sûr, et fit-il, en appuyant sur les mots avec l'aplomb de la sécurité complète : je le suis !

— Et, écoutez bien comme je le suis ! » ajouta-t-il, en me prenant le genou avec ses doigts noueux, comme avec une pince. Or, son histoire me pinçait encore plus que ce système d'articulations de crabe qui formait sa redoutable main.

« Vous vous doutez bien, continua-t-il, que je fus le premier à savoir l'empoisonnement de la comtesse. Coupables ou non, il fallait bien qu'ils m'envoyassent chercher, moi qui étais le médecin. On ne prit pas la peine de seller un cheval. Un garçon d'écurie vint *à poil* et au grand galop me trouver à V…, d'où je le suivis, du même galop, à Savigny. Quand j'arrivai — cela avait-il été calculé ? — il n'était plus possible d'arrêter les ravages de l'empoisonnement. Serlon, dévasté de physionomie, vint au-devant de moi dans la cour et me dit, au dégagé de l'étrier, comme s'il eût eu peur des mots dont il se servait :

"Une domestique s'est trompée (il évitait de dire : Eulalie, que tout le monde nommait le lendemain). Mais, docteur, ce n'est pas possible ! est-ce que l'encre double serait un poison ?...

— Cela dépend des substances avec quoi elle est faite", repartis-je. Il m'introduisit chez la comtesse, épuisée de douleur, et dont le visage rétracté ressemblait à un peloton de fil blanc tombé dans de la teinture verte... Elle était effrayante ainsi. Elle me sourit affreusement de ses lèvres noires et de ce sourire qui dit à un homme qui se tait : "Je sais bien ce que vous pensez..." D'un tour d'œil je cherchai dans la chambre si Eulalie ne s'y trouvait pas. J'aurais voulu voir sa contenance à pareil moment. Elle n'y était point. Toute brave qu'elle fût, avait-elle eu peur de moi ?... Ah ! je n'avais encore que d'incertaines données...

« La comtesse fit un effort en m'apercevant et s'était soulevée sur son coude.

"Ah ! vous voilà, docteur, dit-elle ; mais vous venez trop tard. Je suis morte. Ce n'est pas le médecin qu'il fallait envoyer chercher, Serlon, c'était le prêtre. Allez ! donnez des ordres pour qu'il vienne, et que tout le monde me laisse seule deux minutes avec le docteur. Je le veux !"

« Elle dit ce : *Je le veux*, comme je ne le lui avais jamais entendu dire — comme une femme qui avait ce front et ce menton dont je vous ai parlé.

— Même moi ? dit Savigny, faiblement.

— Même vous", fit-elle. Et elle ajouta, presque caressante : "Vous savez, mon ami, que les femmes ont surtout des pudeurs pour ceux qu'elles aiment."

« À peine fut-il sorti qu'un atroce changement se produisit en elle. De douce, elle devint fauve.

"Docteur, dit-elle, d'une voix haineuse, ce n'est pas un accident que ma mort, c'est un crime. Serlon aime Eulalie, et elle m'a empoisonnée ! Je ne vous ai pas cru quand vous m'avez dit que cette fille était trop belle pour une femme de chambre. J'ai eu tort. Il aime cette scélérate, cette exécrable fille qui m'a tuée. Il est plus coupable qu'elle, puisqu'il l'aime et qu'il m'a trahie pour elle. Depuis quelques jours, les regards qu'ils se jetaient des deux côtés de mon lit m'ont bien avertie. Et encore plus le goût horrible de cette encre avec laquelle ils m'ont empoisonnée !... Mais j'ai tout bu, j'ai tout pris, malgré cet affreux goût, parce que j'étais bien aise de mourir ! Ne me parlez pas de contrepoison. Je ne veux d'aucun de vos remèdes. Je veux mourir.

— Alors, pourquoi m'avez-vous fait venir, madame la comtesse ?…

— Eh bien ! voici pourquoi, reprit-elle haletante… C'est pour vous dire qu'ils m'ont empoisonnée, et pour que vous me donniez votre parole d'honneur de le cacher. Tout ceci va faire un éclat terrible. Il ne le faut pas. Vous êtes mon médecin et on vous croira, vous, quand vous parlerez de cette méprise qu'ils ont inventée, quand vous direz que même je ne serais pas morte, que j'aurais pu être sauvée, si depuis longtemps ma santé n'avait été perdue. Voilà ce qu'il faut me jurer, docteur…"

« Et comme je ne répondais pas, elle vit ce qui s'élevait en moi. Je pensais qu'elle aimait son mari au point de vouloir le sauver. C'était l'idée qui m'était venue, l'idée naturelle et vulgaire, car il est des femmes tellement pétries pour l'amour et ses abnégations, qu'elles ne rendent pas le coup dont elles meurent. Mais la comtesse de Savigny ne m'avait jamais produit l'effet d'être une de ces femmes-là !

"Ah ! ce n'est pas ce que vous croyez qui me fait vous demander de me jurer cela, docteur ! Oh ! non ! je hais trop Serlon en ce moment pour ne pas, malgré sa trahison, l'aimer encore… Mais je ne suis pas si lâche que de lui pardonner ! Je m'en irai de cette vie, jalouse de lui, et implacable. Mais il ne s'agit pas de Serlon, docteur, reprit-elle avec énergie, en me découvrant tout un côté de son caractère que j'avais entrevu, mais que je n'avais pas pénétré dans ce qu'il avait de plus profond. Il s'agit du comte de Savigny. Je ne veux pas, quand je serai morte, que le comte de Savigny passe pour l'assassin de sa femme. Je ne veux pas qu'on le traîne en cour d'assises, qu'on l'accuse de complicité avec une servante adultère et empoisonneuse ! Je ne veux pas que cette tache reste sur ce nom de Savigny que j'ai porté. Oh ! s'il ne s'agissait que de lui, il est digne de tous les échafauds ! Mais, lui, je lui mangerais le cœur ! Mais il s'agit de nous tous, les gens comme il faut du pays ! Si nous étions encore ce que nous devrions être, j'aurais fait jeter cette Eulalie dans une des oubliettes du château de Savigny, et il n'en aurait plus été question jamais ! Mais, à présent, nous ne sommes plus les maîtres chez nous. Nous n'avons plus notre justice expéditive et muette, et je ne veux pour rien des scandales et des publicités de la vôtre, docteur ; et j'aime mieux les laisser dans les bras l'un de l'autre, heureux et délivrés de moi, et mourir enragée comme je meurs, que de penser, en mourant, que la noblesse de V… aurait l'ignominie de compter un empoisonneur dans ses rangs."

« Elle parlait avec une vibration inouïe, malgré les tremblements saccadés de sa mâchoire qui claquait à briser ses dents. Je la reconnaissais, mais je l'apprenais encore ! C'était bien la fille noble qui n'était que cela, la fille noble plus forte, en mourant, que la femme jalouse. Elle mourait bien comme une fille de V…, la dernière ville noble de France ! Et touché de cela plus peut-être que je n'aurais dû l'être, je lui promis et je lui jurai, si je ne la sauvais pas, de faire ce qu'elle me demandait.

« Et je l'ai fait, mon cher. Je ne la sauvai pas. Je ne pus pas la sauver : elle refusa obstinément tout remède. Je dis ce qu'elle avait voulu, quand elle fut morte, et je persuadai… Il y a bien vingt-cinq ans de cela… À présent, tout est calmé, silencé, oublié, de cette épouvantable aventure. Beaucoup de contemporains sont morts. D'autres générations ignorantes, indifférentes, ont poussé sur leurs tombes, et la première parole que je dis de cette sinistre histoire, c'est à vous !

« Et encore, il a fallu ce que nous venons de voir pour vous la raconter. Il a fallu ces deux êtres, immuablement beaux malgré le temps, immuablement heureux malgré leur crime, puissants, passionnés, absorbés en eux, passant aussi superbement dans la vie que dans ce jardin, semblables à deux de ces Anges d'autel qui s'enlèvent, unis dans l'ombre d'or de leurs quatre ailes ! »

J'étais épouvanté… « Mais, fis-je, si c'est vrai ce que vous me contez là, docteur, c'est un effroyable désordre dans la création que le bonheur de ces gens-là.

— C'est un désordre ou c'est un ordre, comme il vous plaira, répondit le docteur Torty, cet athée absolu et tranquille aussi, comme ceux dont il parlait, mais c'est un fait. Ils sont heureux exceptionnellement, et insolemment heureux. Je suis bien vieux, et j'ai vu dans ma vie bien des bonheurs qui n'ont pas duré ; mais je n'ai vu que celui-là qui fût aussi profond, et qui dure toujours !

« Et croyez que je l'ai bien étudié, bien scruté, bien persécuté ! Croyez que j'ai bien cherché la petite bête dans ce bonheur-là ! Je vous demande pardon de l'expression, mais je puis dire que je l'ai pouillé… J'ai mis les deux pieds et les deux yeux aussi avant que j'ai pu dans la vie de ces deux êtres, pour voir s'il n'y avait pas à leur étonnant et révoltant bonheur un défaut, une cassure, si petite qu'elle fût, à quelque endroit caché ; mais je n'ai jamais rien trouvé qu'une félicité à faire envie, et qui serait une excellente et triomphante plaisanterie du Diable contre Dieu, s'il y avait un Dieu et un Diable ! Après la mort de la comtesse, je demeurai, comme vous le pensez bien, en bons termes avec Savigny. Puisque j'avais fait tant que de prêter l'appui de mon affirmation à la fable imaginée par eux pour expliquer l'empoisonnement, ils n'avaient pas d'intérêt à m'écarter, et moi j'en avais un très grand à connaître ce qui allait suivre, ce qu'ils allaient faire, ce qu'ils allaient devenir. J'étais horripilé, mais je bravais mes horripilations… Ce qui suivit, ce fut d'abord le deuil de Savigny, lequel dura les deux ans d'usage, et que Savigny porta de manière à confirmer l'idée publique qu'il était le plus excellent des maris, passés, présents et futurs… Pendant ces deux ans, il ne vit absolument personne. Il s'enterra dans son château avec une telle rigueur de solitude, que personne ne sut qu'il avait gardé à Savigny Eulalie, la cause involontaire de la mort de la comtesse et qu'il aurait dû, par convenance seule, mettre à la porte, même dans la certitude de son innocence. Cette imprudence de garder chez soi une telle fille, après une telle catastrophe, me prouvait la passion insensée que j'avais toujours soupçonnée dans Serlon. Aussi ne fus-je nullement surpris quand un jour, en revenant d'une de mes tournées de médecin, je rencontrai un domestique sur la route de Savigny, à qui je demandai des nouvelles de ce qui se passait au château, et qui m'apprit qu'Eulalie *y était toujours*... À l'indifférence avec laquelle il me dit cela, je vis que personne, parmi les gens du comte, ne se doutait qu'Eulalie fût sa maîtresse. "Ils jouent toujours serré, me dis-je. Mais pourquoi ne s'en vont-ils pas du pays ? Le comte est riche. Il peut vivre grandement partout. Pourquoi ne pas filer avec cette diablesse (en fait de diablesse, je croyais à celle-là) qui, pour le mieux crocheter, a préféré vivre dans la maison de son amant, au péril de tout, que d'être sa maîtresse à V..., dans quelque logement retiré où il serait allé bien tranquillement la voir en cachette ?" Il y avait là un dessous que je ne comprenais pas. Leur délire, leur dévorement d'eux-mêmes étaient-ils donc si grands qu'ils ne voyaient plus rien des prudences et des précautions de la vie ?... Hauteclaire, que je supposais plus forte de caractère que Serlon, Hauteclaire, que je croyais l'homme des deux dans leurs rapports d'amants, voulait-elle rester dans ce château où on l'avait vue servante et où l'on devait la voir maîtresse, et en restant, si on l'apprenait et si cela faisait un scandale, préparer l'opinion à un autre scandale bien plus épouvantable, son mariage avec le comte de Savigny ? Cette idée ne m'était pas venue à moi, si elle lui était venue à elle, en cet instant de mon histoire. Hauteclaire Stassin, fille de ce vieux pilier de salle d'armes, *La Pointe-au-corps* — que nous avions tous vue, à V..., donner des leçons et se *fendre à fond* en pantalon collant —, comtesse de Savigny ! Allons donc ! Qui aurait cru à ce renversement, à cette fin du monde ? Oh ! pardieu, je croyais très bien, pour ma part, *in petto*, que le concubinage continuerait d'aller son train entre ces deux fiers animaux, qui avaient, au premier coup d'œil, reconnu qu'ils étaient de la même espèce et qui avaient osé l'adultère sous les yeux mêmes de la comtesse. Mais le mariage, le mariage effrontément accompli au nez de Dieu et des hommes, mais ce défi jeté à l'opinion de toute une contrée outragée dans ses sentiments et dans ses mœurs, j'en étais, d'honneur ! à mille lieues, et si loin que quand, au bout des deux ans du deuil de Serlon, la chose se fit brusquement, le coup de foudre de la surprise me tomba sur la tête comme si j'avais été un de ces imbéciles qui ne s'attendent jamais à rien de ce qui arrive, et qui, dans le pays, se mirent alors à piauler comme les chiens, fouettés dans la nuit, piaulent aux carrefours.

« Du reste, en ces deux ans du deuil de Serlon, si strictement observé et qui fut, quand on en vit la fin, si furieusement taxé d'hypocrisie et de bassesse, je n'allai pas beaucoup au château de Savigny... Qu'y serais-je allé faire ?... On s'y portait très bien, et jusqu'au moment peu éloigné peut-être où l'on m'enverrait chercher nuitamment, pour quelque accouchement qu'il faudrait bien cacher encore, on n'y avait pas besoin de mes services. Néanmoins, entre-temps, je risquais une visite au comte. Politesse doublée de curiosité éternelle. Serlon me recevait ici ou là, selon l'occurrence, et où il était, quand j'arrivais. Il n'avait pas le moindre embarras avec moi. Il avait repris sa bienveillance. Il était grave. J'avais déjà remarqué que les êtres heureux sont graves. Ils portent en eux attentivement leur cœur, comme un verre plein, que le moindre mouvement peut faire déborder ou briser... Malgré sa gravité et ses vêtements noirs, Serlon avait dans les yeux l'incoercible expression d'une immense félicité. Ce n'était plus l'expression du soulagement et de la délivrance qui y brillait, comme le jour où, chez sa femme, il s'était aperçu que je reconnaissais Hauteclaire, mais que j'avais pris le parti de ne pas la reconnaître. Non, parbleu ! c'était bel et bien du bonheur ! Quoique, en ces visites cérémonieuses et rapides, nous ne nous entretinssions que de choses superficielles et extérieures, la voix du comte de Savigny, pour les dire, n'était pas la même voix qu'au temps de sa femme. Elle révélait à présent, par la plénitude presque chaude de ses intonations, qu'il avait peine à contenir des sentiments qui ne demandaient qu'à lui sortir de la poitrine. Quant à Hauteclaire (toujours Eulalie, et au château, ainsi que me l'avait dit le domestique), je fus assez longtemps sans la rencontrer. Elle n'était plus, quand je passais, dans le corridor où elle se tenait du temps de la comtesse, travaillant dans son embrasure. Et, pourtant, la pile de linge à la même place, et les ciseaux, et l'étui, et le dé sur le bord de la fenêtre disaient qu'elle devait toujours travailler là, sur cette chaise vide et tiède peut-être, qu'elle avait quittée, m'entendant venir. Vous vous rappelez que j'avais la fatuité de croire qu'elle redoutait la pénétration de mon regard ; mais, à présent, elle n'avait plus à la craindre. Elle ignorait que j'eusse reçu la terrible confidence de la comtesse. Avec la nature audacieuse et altière que je lui connaissais, elle devait même être contente de pouvoir braver la sagacité qui l'avait devinée. Et, de fait, ce que je présumais était la vérité, car le jour où je la rencontrai enfin, elle avait son bonheur écrit sur son front d'une si radieuse manière, qu'en y répandant toute la bouteille d'encre double avec laquelle elle avait empoisonné la comtesse, on n'aurait pas pu l'effacer !

« C'est dans le grand escalier du château que je la rencontrai cette première fois. Elle le descendait et je le montais. Elle le descendait un peu vite ; mais quand elle me vit, elle ralentit son mouvement, tenant sans doute à me montrer fastueusement son visage, et à me mettre bien au fond des yeux ses yeux qui peuvent faire fermer ceux des panthères, mais qui ne firent pas fermer les miens. En descendant les marches de son escalier, ses jupes flottant en arrière sous les souffles d'un mouvement rapide, elle semblait descendre du ciel. Elle était sublime d'air heureux. Ah ! son air était à quinze mille lieues au-dessus de l'air de Serlon ! Je n'en passai pas moins sans lui donner signe de politesse, car si Louis XIV saluait les femmes de chambre dans les escaliers, ce n'étaient pas des empoisonneuses ! Femme de chambre, elle l'était encore ce jour-là, de tenue, de mise, de tablier blanc ; mais l'air heureux de la plus triomphante et despotique maîtresse avait remplacé l'impassibilité de l'esclave. Cet air-là ne l'a point quittée. Je viens de le revoir, et vous avez pu en juger. Il est plus frappant que la beauté même du visage sur lequel il resplendit. Cet air surhumain de la fierté dans l'amour heureux, qu'elle a dû donner à Serlon, qui d'abord, lui, ne l'avait pas, elle continue, après vingt ans, de l'avoir encore, et je ne l'ai vu ni diminuer, ni se voiler un instant sur la face de ces deux étranges privilégiés de la vie. C'est par cet air-là qu'ils ont toujours répondu victorieusement à tout, à l'abandon, aux mauvais propos, aux mépris de l'opinion indignée, et qu'ils ont fait croire à qui les rencontre que le crime dont ils ont été accusés quelques jours n'était qu'une atroce calomnie.

— Mais vous, docteur, interrompis-je, après tout ce que vous savez, vous ne pouvez pas vous laisser imposer par cet air-là ? Vous ne les avez pas suivis partout ? Vous ne les voyiez pas à toute heure ?

— Excepté dans leur chambre à coucher, le soir et ce n'est pas là qu'ils perdent, fit le docteur Torty, gaillard, mais profond, je les ai vus, je crois bien, à tous les moments de leur vie depuis leur mariage, qu'ils allèrent faire je ne sais où, pour éviter le charivari que la populace de V…, aussi furieuse à sa façon que la noblesse à la sienne, se promettait de leur donner. Quand ils revinrent mariés, elle, authentiquement comtesse de Savigny, et lui, absolument déshonoré par un mariage avec une servante, on les planta là, dans leur château de Savigny. On leur tourna le dos. On les laissa se repaître d'eux tant qu'ils voulurent… Seulement, ils ne s'en sont jamais repus, à ce qu'il paraît ; encore tout à l'heure, leur faim d'eux-mêmes n'est pas assouvie. Pour moi, qui ne veux pas mourir, en ma qualité de médecin, sans avoir écrit un traité de tératologie, et qu'ils intéressaient… comme des monstres, je ne me mis point à la queue de ceux qui les fuirent. Lorsque je vis la fausse Eulalie parfaitement comtesse, elle me reçut comme si elle l'avait été toute sa vie. Elle se souciait bien que j'eusse dans la mémoire le souvenir de son tablier blanc et de son plateau ! "Je ne suis plus Eulalie, me dit-elle ; je suis Hauteclaire, Hauteclaire heureuse d'avoir été servante pour lui…" Je pensais qu'elle avait été bien autre chose ; mais comme j'étais le seul du pays qui fût allé à Savigny, quand ils y revinrent, j'avais toute honte bue, et je finis par y aller beaucoup. Je puis dire que je continuai de m'acharner à regarder et à percer dans l'intimité de ces deux êtres, si complètement heureux par l'amour. Eh bien ! vous me croirez si vous voulez, mon cher, la pureté de ce bonheur, souillé par un crime dont j'étais sûr, je ne l'ai pas vue, je ne dirai pas ternie, mais assombrie une seule minute dans un seul jour. Cette boue d'un crime lâche qui n'avait pas eu le courage d'être sanglant, je n'en ai pas une seule fois aperçu la tache sur l'azur de leur bonheur ! C'est à terrasser, n'est-il pas vrai ?

Tous les moralistes de la terre, qui ont inventé le bel axiome du vice puni et de la vertu récompensée ! Abandonnés et solitaires comme ils l'étaient, ne voyant que moi, avec lequel ils ne se gênaient pas plus qu'avec un médecin devenu presque un ami, à force de hantises, ils ne se surveillaient point. Ils m'oubliaient et vivaient très bien, moi présent, dans l'enivrement d'une passion à laquelle je n'ai rien à comparer, voyez-vous, dans tous les souvenirs de ma vie… Vous venez d'en être le témoin il n'y a qu'un moment : ils sont passés là, et ils ne m'ont pas même aperçu, et j'étais à leur coude ! Une partie de ma vie avec eux, ils ne m'ont pas vu davantage… Polis, aimables, mais le plus souvent distraits, leur manière d'être avec moi était telle que je ne serais pas revenu à Savigny si je n'avais tenu à étudier microscopiquement leur incroyable bonheur, et à y surprendre, pour mon édification personnelle, le grain de sable d'une lassitude, d'une souffrance, et, disons le grand mot : d'un remords. Mais rien ! rien ! L'amour prenait tout, emplissait tout, bouchait tout en eux, le sens moral et la conscience — comme vous dites, vous autres ; et c'est en les regardant, ces heureux, que j'ai compris le sérieux de la plaisanterie de mon vieux camarade Broussais, quand il disait de la conscience : “Voilà trente ans que je dissèque, et je n'ai pas seulement découvert une oreille de ce petit animal-là !"

« Et ne vous imaginez point, continua ce vieux diable de docteur Torty, comme s'il eût lu dans ma pensée, que ce que je vous dis là, c'est une thèse… la preuve d'une doctrine que je crois vraie, et qui nie carrément la conscience comme la niait Broussais. Il n'y a pas de thèse ici. Je ne prétends point entamer vos opinions… Il n'y a que des faits, qui m'ont étonné autant que vous. Il y a le phénomène d'un bonheur continu, d'une bulle de savon qui grandit toujours et qui ne crève jamais ! Quand le bonheur est continu, c'est déjà une surprise ; mais ce bonheur dans le crime, c'est une stupéfaction, et voilà vingt ans que je ne reviens pas de cette stupéfaction-là. Le vieux médecin, le vieil observateur, le vieux moraliste… ou *immoraliste* (reprit-il, voyant mon sourire) est déconcerté par le spectacle auquel il assiste depuis tant d'années, et qu'il ne peut pas vous faire voir en détail, car s'il y a un mot traînaillé partout, tant il est vrai ! c'est que le bonheur n'a pas d'histoire. Il n'a pas plus de description. On ne peint pas plus le bonheur, cette infusion d'une vie supérieure dans la vie, qu'on ne saurait peindre la circulation du sang dans les veines. On s'atteste, aux battements des artères, qu'il y circule, et c'est ainsi que je m'atteste le bonheur de ces deux êtres que vous venez de voir, ce bonheur incompréhensible auquel je tâte le pouls depuis si longtemps. Le comte et la comtesse de Savigny refont tous les jours, sans y penser, le magnifique chapitre de l'*Amour dans le mariage* de madame de Staël, ou les vers plus magnifiques encore du *Paradis perdu* dans Milton. Pour mon compte, à moi, je n'ai jamais été bien sentimental ni bien poétique ; mais ils m'ont, avec cet idéal réalisé par eux, et que je croyais impossible, dégoûté des meilleurs mariages que j'aie connus, et que le monde appelle charmants. Je les ai toujours trouvés si inférieurs au leur, si décolorés et si froids ! La destinée, leur étoile, le hasard, qu'est-ce que je sais ? a fait qu'ils ont pu vivre pour eux-mêmes. Riches, ils ont eu ce don de l'oisiveté sans laquelle il n'y a pas d'amour, mais qui tue aussi souvent l'amour qu'elle est nécessaire pour qu'il naisse… Par exception, l'oisiveté n'a pas tué le leur. L'amour, qui simplifie tout, a fait de leur vie une simplification sublime. Il n'y a point de ces grosses choses qu'on appelle des événements dans l'existence de ces deux mariés, qui ont vécu, en apparence, comme tous les châtelains de la terre, loin du monde auquel ils n'ont rien à demander, se souciant aussi peu de son estime que de son mépris. Ils ne se sont jamais quittés. Où l'un va, l'autre l'accompagne. Les routes des environs de V… revoient Hauteclaire à cheval, comme du temps du vieux *La Pointe-au-corps* ; mais c'est le comte de Savigny qui est avec elle, et les femmes du pays, qui, comme autrefois, passent en voiture, la dévisagent plus encore peut-être que quand elle était la grande et mystérieuse jeune fille au voile bleu sombre, et qu'on ne voyait pas. Maintenant, elle lève son voile, et leur montre hardiment le visage de servante qui a su se faire épouser, et elles rentrent indignées, mais rêveuses… Le comte et la comtesse de Savigny ne voyagent point ; ils viennent quelquefois à Paris, mais ils n'y restent que quelques jours. Leur vie se concentre donc tout entière dans ce château de Savigny, qui fut le théâtre d'un crime dont ils ont peut-être perdu le souvenir, dans l'abîme sans fond de leurs cœurs…

— Et ils n'ont jamais eu d'enfants, docteur ? lui dis-je.

— Ah ! fit le docteur Torty, vous croyez que c'est là qu'est la fêlure, la revanche du Sort, et ce que vous appelez la vengeance ou la justice de Dieu ? Non, ils n'ont jamais eu d'enfants. Souvenez-vous ! Une fois, j'avais eu l'idée qu'ils n'en auraient pas. Ils s'aiment trop… Le feu — qui dévore — consume et ne produit pas. Un jour, je le dis à Hauteclaire :

“Vous n’êtes donc pas triste de n’avoir pas d’enfant, madame la comtesse ?

— Je n’en veux pas ! fit-elle impérieusement. J’aimerais moins Serlon. Les enfants, ajouta-t-elle avec une espèce de mépris, sont bons pour les femmes malheureuses !”»

Et le docteur Torty finit brusquement son histoire sur ce mot, qu’il croyait profond.

Il m’avait intéressé, et je le lui dis : « Toute criminelle qu’elle soit, on s’intéresse à cette Hauteclaire. Sans son crime, je comprendrais l’amour de Serlon.

— Et peut-être même avec son crime ! dit le docteur. Et moi aussi ! » ajouta-t-il, le hardi bonhomme.

IMPRIMÉ EN UNION EUROPÉENNE
le 06-11-2001
N° d'impression : 9860
001/01 – Dépôt légal, novembre 2001